明日は愛になる

水原とほる

幻冬舎ルチル文庫

CONTENTS ✦目次✦

明日は愛になる

✦カバーデザイン＝清水香苗（Co.Co.Design）
✦ブックデザイン＝まるか工房

イラスト・金ひかる✦

明日は愛になる

◆◆

「周恩来《しゅうおんらい》の秘録に関する記述か。なかなか興味深い本だな。で、今は何を調べているんだい？」

ミチルがリビングのソファで読書にふけっていると、峰原《みねはら》が背後からのぞき込みながらたずねる。

ちょうどシャワーを浴びてきたばかりの彼からは、グリーンノート系のさわやかなボディソープの香りがしている。片手にはミネラルウォーターのボトルを持ったまま、まだ乾ききっていない乱れた前髪を撫《な》で上げる姿も、普段の彼とは違う男の色気を漂わせていた。

振り返ってそんな彼を見上げながら、ミチルは微《かす》かに頬《ほお》を緩めて答える。

「卒論のテーマですけど、コミンテルンによって日本にもたらされた具体的な被害と大東亜戦争の真の勝利者に関する考察をしようと思っているんです。なので、当時の中国の動きももう一度きちんと把握しておこうと思って……」

「真の勝利者はスターリンだろう。周恩来については後世の評価に作られた部分があるとしても、世界が狂っていたあんな時代でも比較的冷静な男であったと思う。わたしの専門分野ではないが、文革でも生き延びた彼の胸中にはさぞかし複雑で興味深い思いが秘められていたんだろうね。タイムマシンがあれば周恩来の生前に行って、彼らから直接当時のことを聞き出したいくらいだ」

その時代に行って、当事者から真実を聞きたい。それは、歴史を学ぶ者なら誰《だれ》もが一度は思うことだ。峰原もまた同じ歴史研究に携わる人間だが、ミチルとは立場も分野も違う。

峰原は某私立大学で教鞭《きょうべん》を取っている教授で、歴史学科の中でも日本史を専門としている。中でも平安三九〇年を中心に研究をしている学者だ。片やミチルは別の私立大学に在籍する学生で、文学部の同じ歴史学科でも近代史を専攻している。

歴史という共通する研究に身を置いてはいても、大学も違えば教授と学生という立場も違う。専攻も日本の中世史と東洋近代史と違っている。また、今年で四十八歳になる彼は、二十一のミチルから見れば父親と言ってもいい年齢だ。そんな二人だが、この二年あまり多くの時間を峰原の部屋でともに過ごしてきた。

今夜も周恩来に関する本をきっかけに、日本の近代史についてそれぞれの見解を語っていると、そのうち峰原はミチルの体を抱き締めてくる。力仕事など知らない学者らしい長くきれいな指を、ミチルの癖《くせ》のある猫っ毛に絡めては、もう片方の手で首筋から胸元を優しく撫でる。

顎《あご》を持ち上げられ唇が重なってきて、最初は啄《つい》ばむような軽いキスが続く。何度か唇を離して角度を変えているうちに、やがて口腔《こうこう》の奥まで彼の舌が押し込まれてくるのはいつもどおり。

濡《ぬ》れた淫《みだ》らな音がモダンな広いリビングに響いていた。やがて体の奥から高ぶりを覚えたミチルは、手にしていた本を膝《ひざ》に落としてしまう。

「ああ……っ、先生……」

甘く呻《うめ》くような声を抑えることもなく、ミチルが落とした本を閉じておこうとした。だが、峰原は微かな笑みとともに言う。

「いいから、そのまま読書を続けなさい」

「えっ、で、でも……」

自分は本を読むためにここにいるわけではない。峰原のマンションの部屋を訪ねてくるのは、彼との情事のためだ。もちろん、もう少し読書を続けたいと本気で言えば、優しい彼が許してくれることはわかっている。だが、このとき読書を促したのは、そういう理由からではない。これは、彼一流の遊びなのだ。

ミチルが言われるままにもう一度本を開く。背後から背もたれ越しにキスをしていた彼は、ミチルのすぐ横に回ってきて座る。そして、ソファの肘掛《ひじかけ》を枕にするように、本を手にしているミチルの体を横たわらせた。

彼よりも先にシャワーを使い、いつも借りているバスローブ姿のミチルの足元から峰原の手が潜り込んでくるのがわかる。片膝《かたひざ》を立てるように膝裏から持ち上げられ、ローブの裾《すそ》が開かれると股間《こかん》があらわになった。そこに峰原の手が伸びてきて、まずはいつものようにやんわりと優しい愛撫《あいぶ》をくれる。

「んん……っ、んくっ」

ミチルは言われたとおり本の字面を追っているが、意識はじょじょに下半身へと奪われていく。それでも、ミチルが身を捩《よじ》り本から視線を外すと、峰原はまた読書を続けるよう言いつけるのだ。

「ほらほら、本を落としてしまうよ。これくらいで集中できなくなるなんてことはないだろう」

読書を続けさせておいて、自分はミチルの股間への愛撫を止めない。巧みな手での愛撫だけでなく、唇と舌でそこを刺激されて、呼吸がどんどん速くなっていく。本の文字はもう見えているだけで、内容はまったく頭に入ってこない。そればかりか、両手でハードカバーの本を開いて持っているのも辛くなってきた。

それでも懸命に耐えているミチルの様子を楽しみながら、さらに腰の下に片手をしのび込ませて後ろの窄《すぼ》まりを探ってくる。そこに潤滑剤《じゅんかつざい》で濡らした指を押し込まれたら、もう声ばかりか体のほうも我慢ができなくなってしまう。

「あぅ……っ、んんぁ……っ」

思わず腰を浮かせると同時に、今度こそ手にしていた本を床に落とした。かろうじて読んでいたページだけは覚えているが、あとでその数ページ前から読み直さなければ何も頭に入っていない。

「せ、先生……っ。あっ、んん……っ、んふ……っ」

鼻にかかった甘ったるい声を漏《も》らすと、峰原はミチルの股間から顔を上げて自分の口元を親指で拭《ぬぐ》う。講義のときや本を読むときのリーディンググラスをかけた知性溢れる表情も好きだが、淫らなことを存分に楽しんでいるときの彼もまたどうしようもなくミチルの気持ちを煽《あお》る。

「おや、もう読書はおしまいかい？　勉強熱心な学生だと思っていたら、どうやらいやらしいことのほうが好きらしい。仕方がない子だな」

「だ、だって……、あぅ……っ」

峰原がわざと意地の悪いことを言っていると知りながら、言い訳をしようとしてまたすぐに掠《かす》れた声を上げた。後ろの窄まりに潜り込んだままのもう片方の彼の指が上下左右に動き、中をまさぐられる感触に最初から抵抗を知らない体が完全に崩れ落ちていく。快感があっという間にミチルを呑《の》み込んでしまう。

さっき立てられた膝の裏を持ち上げると、峰原はその足をソファの背もたれに乗せて下ろさないようにと言った。ソファに横たわっているミチルのローブの紐《ひも》は解《ほど》かれ、袖《そで》も抜き取られてほとんど裸の状態だ。そのうえ、片足を背もたれにかけて股間を開ききったあられもない格好だった。なのに、今の自分は羞恥《しゅうち》よりも高ぶりを感じている。

峰原は言葉でからかっただけだとしても、事実この体は男に抱かれることを求めてしまういやらしい体なのだ。そんな体の隅々までを彼の視線と指先が確認していく。

「ミチルはとてもきれいだ。初めて会ったときはまだ少年っぽさが残っていて可愛《かわい》い印象だったが、近頃《ちかごろ》はずいぶん大人っぽくなってきたね。君がきれいな男性に成長していくのを見ているのは、本当に楽しいよ」

「先生にそう言われるのは嬉《うれ》しいです。僕も先生みたいに歳《とし》を取りたいから。きっと無理だろうけど……」

もちろん褒め言葉で、本当に峰原のような魅力的な中年になれたらどんなにいいだろうと思っている。そして、それが簡単ではないこともわかっているのだ。だが、峰原は年齢のことを言われて、いつものように苦笑を漏らす。

「わたしの年齢にはまだ二十年以上あるよ。ゆっくり歳を重ねればいいさ。ただ、わたしとしては息子と同じ歳の子を抱いているというのは、いつもながらちょっとした罪悪感のようなものがある。でも、それがまた背徳的でいいんだけれどね」

若い頃に一度結婚と離婚を経験している彼には、ミチルと同じ歳の息子がいるらしい。だが、その息子が六歳になった頃から会っていないので、今となっては顔も知らないという。

だから、実際のところ彼がミチルを抱くことに罪悪感を持っているとは思っていない。そういう言葉遊びでわざと背徳的な気分を楽しんでいるだけだ。そして、ミチルもそんな彼の言葉にそこはかとない倒錯を感じ、さらに淫らな気持ちになって興奮する。自分たちはそんなふうに満たし合う関係なのだ。けれど、それだけではない。こうして体を重ねるのには、他にも人には言えない理由があった。

「ところで、まだ他の男の匂いがしないようだが、誰か好きな人ができたりはしていないのかい？　君なら大学でもバイト先でももてるだろう。言い寄る男も女も少なくないと思うんだがね」

「買いかぶりです。周囲からは、歴史にしか興味のない退屈な人間だって思われていますから」

峰原はミチルを自分との関係に縛りつけておくつもりはないと、ことあるごとに言っている。いつだって寛容で大人だけれど、その反面他の男の痕跡《こんせき》を探して見つからなければ満足しているのも事実だ。そんなとき、峰原にも独占欲がないわけではないと知ってミチルは嬉しくなる。

「今は先生がいるからいいんです。でも、望まれなくなったら誰かを探すかもしれません。気持ちはどうにかして割り切れても、体のほうが辛くなると思うから……」

取り繕うこともない正直な気持ちだった。峰原は優しさだけではない、どこか含みのある笑みとともに体を起こすと、ミチルの手を引いてソファから立ち上がらせる。そして一度脱がせたローブを羽織らせてくれて、軽いキスをする。

「寝室へ行こうか？　ここじゃ君を満足させられないといけないからな」

どこで抱かれても、峰原とのセックスに不満を抱《いだ》いたことなどない。それでも、ベッドで存分に互いの欲望を貪《むさぼ》り合うのはミチルも望んでいることだ。誘われるままに寝室へ入ると、ベッドに腰かけて自らローブを床に落とし峰原の首筋に両手を回して抱きついた。

「僕は先生のことが好きです。先生のそばが今は一番安心できるから……」

彼ほど自分のことをわかってくれる人もいないし、自分のような人間を望んでくれる人もいないと思っている。周囲の人間が自分をどう評価しているかは別として、ミチルの自己評価は極めて低い。謙遜《けんそん》なんかではなく、峰原の言うような誘いなどない。

母親によく似た女性的な容貌《ようぼう》に目をとめて、声をかけてくる者もいるにはいた。それでも、大学に進学して峰原に知り合う以前の一年間で、関係を持ったのは五、六人程度。全員が一晩かぎりの関係だった。

彼らが皆魅力に欠けていたというわけではない。けれど、ミチルには何かが足りなかった。贅沢《ぜいたく》や高望みではなく、互いに求めているものが嚙《か》み合わないと思ったのだ。

けれど、峰原は違う。ミチルの心と体に驚くほどぴったりと寄り添ってくる存在であるばかりか、抱くたびに「可愛い」とか「きれいだ」と言ってくれる。自分と同じ年頃の男にそれを言われてもどこか上っ面な気がしていたし、まして女の子に言われてもミチルの心は微塵《みじん》も揺れなかった。そもそも女性の存在がミチルにはとっては恋愛の対象にはなり得なかった。

そんなミチルにとって、峰原の腕の中で淫らなセックスに溺《おぼ》れているときだけは現実の諸《もろ》諸《もろ》の問題を忘れることができる。ミチルが甘えるように抱きつけば峰原はいつも大人の余裕で受けとめてくれるから、この腕の中が一番安心していられるのだ。

ミチルがベッドに横たわると、峰原も体重をかけないよう気遣いながら自らの体を重ねてくる。そして、優しい愛撫がまた一から始まる。

「ああ……っ、先生……っ」

ソファでの愛撫で高ぶっていた体には簡単に火がつく。峰原の唇がミチルの首筋から肩へと落ちて、彼の片手は股間へと伸びていく。もうすっかり慣れたこの手の感触は、いつだって優しくて温かい。ところが、今夜はこのまま淫らな性交に溺れさせてはくれなかった。急に峰原が体を離して起き上がったかと思うと、唐突にミチルにたずねる。

「今夜は少し違うやり方でしてみようか？　たまにはもっと刺激的なのもいいだろう？」

「なんでもいい。先生の好きなやり方でやって……」

数えきれないくらい抱かれてきたのに、未《いま》だに情事のときの峰原の遊び心を理解しきれていない。それでも、彼が自分を傷つけることはないとわかっているから、ミチルはいつだって安心して身を任せることができる。彼のやり方ならどんなふうであっても、ミチルは受け入れられると信じている。

「じゃ、両手を出してごらん」

言われるままに両手を揃《そろ》えて前に差し出すと、両手首を一つにまとめるようにしてベルトで括《くく》られた。

「このままでするんですか？」

「そう。今夜は両手を使えない状態でわたしを受け入れるんだ。きっともどかしさと快感の両方を味わえるはずだ。君ならこういうのもきっと好きになるよ」

そう言うと、峰原は一つに結わえたミチルの手首を頭上に持ち上げて、ベッドヘッドの柵《さく》に縛りつけてしまった。仰向けで横たわり万歳の状態になって、ミツルの下半身は思いっきり無防備に開かれる。ひどく羞恥心を煽られる格好だが、峰原の言うように自分自身の淫らな姿に興奮して、股間に見る見る熱が溜《た》まっていくのがわかる。

「せ、先生っ、この格好じゃ苦しいから……」

「でも、興奮しているんだろう？　ほら、前がこんなになっている。ミチルはこういう恥ずかしいことが好きなんだよ。大丈夫だ。そんな君も可愛いよ。それに、君のあられもない姿でわたしまでこんなに煽られているよ」

峰原は自分の白のバスローブの前を開き、硬く勃《た》ち上がった自分自身を片手で握ってみせる。彼の屹立《きつりつ》した雄の証《あかし》を見て、ミチルはうっとりと吐息を漏らす。これが今から自分を満たしてくれるのだ。自分自身の硬くなったものをしごきたいと思う以上に、後ろの窄まりにあの背筋を突き抜けるような独特の痛みと蕩《とろ》けるような快感がほしくてたまらなくなる。

自分よりもずっと大きな存在に包まれていたい。非力で無力な自分を守ってくれる存在がほしい。幼少の頃からミチルはいつもそんな願いを抱き続けてきた。そして、峰原はそんな思いを叶えてくれた。

今のミチルにとって彼だけがこの身をあずけることのできる唯一《ゆいいつ》の男だった。ただ、それを「愛」と呼んでいいのかどうか、彼に抱かれるようになって二年が過ぎてもまだわからずにいる。


セックスのあとの気だるい時間が好きだ。すぐに眠ってしまう若い男とは違い、峰原は余韻を楽しみながらミチルの体を抱き寄せ、髪に口づけて心まで存分に満たしてくれる。もっとも、満たしてもらうのは体と心だけではないのが二人の関係だった。

「ああ、そうだ。リビングのカップボードのいつもの場所に置いてあるから、忘れずに持っていきなさい。もし、テキストや資料で必要なものがあればメールで送ってくれれば、こち

らで購入しておくか次のときに現金を用意しておくからね」

「いつもありがとうございます。卒論の資料としてどうしても必要な本もあるので、とても助かります」

それが、二人を繋《つな》ぎとめている人には言えないもう一つの理由だ。ミチルは峰原と肉体関係を持ちながら、大学に通うための経済援助を受けている。他人が聞けば「援助交際」というのかもしれない。けれど、二人にそんな意識はない。

互いの間には性的な欲望だけでなく、確かに好意がある。あるいは、これは好意以上の何かだと思っている。そんな二人の関係が始まったのは今から二年ほど前のこと。

ミチルは、北陸のとある地方都市で貧しい母子家庭に生まれ育った。地元で高校を卒業して東京のK大学に進学したのは、学びたい学科のある大学の中では一番授業料が安かったというのが主な理由だ。

大学進学に反対していた母親は、高校を卒業したなら地元の適当な企業で働くか、彼女が細々と経営しているスナックを手伝うよう言った。けれど、ミチルは大学を出たほうがいい仕事に就けると母親を説得した。

成績は悪くなかったので、特待生枠に入ることができたのも母親を納得させる助けになった。授業料と生活費はできるだけ自分でまかなうという約束で、どうにか入学金と上京のためのまとまった金を工面してもらうことができた。

東京の大学で学ぶことは、ミチルにとって希望であると同時に、閉塞的《へいそくてき》な世界からの解放だった。ただし、日々の生活は案《あん》の定《じょう》苦しかった。特待生枠から外されないよう成績は落とせないし、勉強以外の時間はひたすらバイトに追われ常に寝不足でふらふらだった。

慣れない大都会で右往左往しながらも、カラオケ屋の受付に塾の講師、居酒屋の店員、ポケットティッシュのサンプリングなどどんな仕事でもして金を作った。学業とバイトがミチルの生活のすべてで、大学で友人を作ったりサークル活動をしたりというのはまったく別世界の話だった。

ただ、勉学に関しては辛いと思うことはなかったし、好きな歴史の世界に存分に浸れるのだから、夢中で本を読んでレポートを書いた。試験の点数も悪くなかったし、教授には早くから名前を覚えられてよく声もかけられていた。

そうやって慌ただしさに追われながら無事二年に進級したものの、正直その頃には体力的に限界を感じていた。一度休学して働き、ある程度蓄えてから復学したほうがいいのだろうか。半ば本気でそんなことを考えていたときだった。

近代史の教授である園田《そのだ》からあるシンポジウムへの誘いを受けた。それは、都内の主だった大学の歴史学科に在籍する研究者や学生の他、作家や有識者が集まり、それぞれの歴史的見解を自由に討論するという研究会だった。

文献に偏りがちで、異論は認めず排除してきた日本の歴史研究の世界においては画期的な集まりで、きっと有意義な講義や討論が聞けると思った。なので、週末のバイトを休みシンポジウムに参加したのだ。

一概に歴史といってもその範囲はあまりにも広大で、内容は何部かの構成になっていた。ミチルは日本史についての研究者のディスカッションを中心に聞いた。そののち、細かいグループに分かれて質疑応答の時間も設けられていてかなり充実した内容だった。

ただ一つ不満な点があるとすれば、ミチルが一番興味を持っている大東亜戦争に至るまでの近代史について、あまり多くの専門家が参加していなかったことだった。

そこで、ミチルは日本史の研究者や各大学の教授が集まるグループに顔を出したのだが、その場にいたのがS大学で日本中世史の教鞭を取る峰原だった。当時はまだ四十六歳という若さだったが、すでに教授の肩書きを持っており、その場に集まった研究者や作家たちの間でもまったく臆《おく》することなく独自の見解を発表していた。

彼の説の中には荒唐無稽《こうとうむけい》だとかエキセントリックだと揶揄《やゆ》されるものもあったが、峰原は動じることなく極めて理論的に自説を展開する。堂々とした語り口調でありながら、けっして高圧的な印象はない。徹底的に研究し尽した時代背景とともに、人としての普遍的な感情を巧みに分析した峰原独自の理論は聞くほどに引きつけられるものがあった。

最終的にはその場にいた作家や年配の研究者までが峰原のさわやかな口調に呑み込まれ、柔軟な頭で考察することが大切だと笑顔でその場を締めくくっていた。

ミチルも大勢の一般参加の人や学生と同じように、歴史学者としての峰原に魅了された一人だった。だが、それだけではない。ミチルが彼という人間に感じたのは、知性を含む男としての美しさだった。

四十六歳ならミチルにとっては父親であってもおかしくない年齢だ。だが、彼はこれまでミチルが知っているどんな大人の男とも違っていた。語り口調がさわやかなだけではない。整った目鼻立ちと少し白いものが混じりはじめている豊かな髪、長身でスマートな体軀《たいく》といい、彼のすべてがミチルには魅力的に映った。

彼が教鞭を取る大学に進学しなかったことを残念に思いながらも、またこんな機会があれば参加しようと心に決めて会場をあとにしたときだった。シンポジウムは都内のホテルの最上階のホールを使って行われていて、終了と同時に多くの人が一階へ下りるためエレベーターホールの前に集まっている。

ミチルは人ごみとともにエレベーターに乗るのがいやだったので、少し離れたところにある非常用の階段を使って一階へ下りることにした。十一階だったが下りならそれほど大変ではないと思い、階段の手前の重い防火ドアを開けたとき、背後から誰かの手がドアにかかったのがわかった。重い扉が急に軽くなりハッとして振り返ると、そこに立っていたのはさっきまでディスカッションをして質疑に答えていた峰原だった。

「君もエレベーターは使わないの？」

「あっ、はい。人ごみは苦手なので……」

そんな会話とともに、二人は十一階から階段を下りはじめた。他に階段を使う者はおらず、二人の間でしばらく沈黙が続いていたが、やがてミチルのほうが少し遠慮《えんりょ》気味に峰原に話しかけた。

「あの、先生の講義ですが大変興味深かったです。ああいう観点から日本史を見たことがなかったかもしれないと、目から鱗《うろこ》でした。とても勉強になりました」

その言葉に峰原が足を止めると、どこの大学の学生かたずねるのでミチルも同じように足を止めてあらためて自己紹介をした。

「K大学歴史学科二年の越野《こしの》ミチルといいます。専攻は東洋史です」

「K大か。じゃ、園田教授の教え子だな」

その園田は、今日は以前から頼まれていた地方の講演会が入っていて不参加だった。

「ゆくゆくは近代史を専攻していくつもりですが、今は日本史も必須で講義を取っているので、先生の話はとてもためになりました」

そう言ってから小さく頭を下げたが、あまり言葉を並べすぎて媚《こ》びているように思われるのがいやでミチルはすぐにまた階段を下りはじめた。すると、峰原の手が肩にかかり驚いて振り返る。

「近代史をね。それは珍しいな」

思わずミチルが苦笑を漏らしたのは、峰原の言わんとしている意味がよくわかるからだ。近頃は大学でも歴史を専攻する学生は減っているらしい。理由は就職に有利でもないし、好きでなければ選択しないから。中には好きが高じてのめり込む者もいるが、日本の歴史上最も不幸で不運な戦いを経験した近代については敬遠する若者も少なくない。

振り返ればすぐそこにある数々の戦争の検証は、生存している経験者の言葉を直接聞くことができる分、生々しい心の痛みを伴うこともある。なので、歴史を専攻しても近代史を専門に学ぶ者の数はけっして多いとはいえない。

「君は案外物好きらしい。わたしはそういう人間が嫌いじゃない。むしろ好感を持つね」

峰原はミチルを見てにっこりと笑う。筆で描いたような切れ長の目をしているが、笑うと少しばかり目尻《めじり》が下がり、歳相応の皺《しわ》がなんともいえない人間の深みと優しさをかもし出していた。前髪が少し落ちている広めの額に知性が感じられると同時に、その前髪をそっとかき上げる仕草には独特の色気が滲《にじ》んでいる。

そのとき、ミチルは峰原を見上げながらうっとりと見惚《みと》れていたのかもしれない。彼はちょっと考える素振りを見せたかと思うと、ミチルの肩に置いていた手を回して、さりげなく自分の胸元へと引き寄せた。それだけで胸の鼓動が急に速くなったミチルの耳元で彼が言う。

「時間があるなら、少し話をしていかないか？　たまには若い子と歴史談義をしないと、この世界は頭の固い爺《じい》さまばかりでね。あの連中と話しているとこっちの頭の中にまで苔《こけ》が生えそうになる。ときにはリフレッシュが必要だ」

「えっ、で、でも……」

「もちろん、急いでいるというなら引きとめはしないよ」

突然の誘いに戸惑うミチルの肩から素早く手を離し広げて見せてから、先に階段を下りなさいとばかりにそちらへ視線を促す。こんな魅惑的な誘いを断ることはできなかった。さっきのディスカッションであれほど興味深い論説を語った峰原と、個人的に歴史談義ができるなんて夢のようだった。

ミチルがはにかんだ笑顔でぜひ話を聞きたいと言うと、峰原の手がまた肩に回り一緒に一階のロビーへと下りた。タクシーで彼のいきつけのバーに行くと峰原はスコッチを飲み、未成年だったミチルはクランベリージュースを飲みながら二時間ばかり話をした。

大勢の前で話すときの彼も身振りや手振りが入り、リズム感のある語り口調で引き込まれた。もちろん、大学で教鞭を取っているから、人前で話すことに慣れているというのもあるのだろう。だが、二人きりで話をしたときの彼にはまた違う魅力があった。

あくまでもプライベートの場だからなのか、ときおり挟み込まれるシニカルな言葉や言い回しがユニークで、ミチルの笑みを誘った。容貌だけでなく知性も話術も魅力的で、さらにはスコッチを飲むときの姿がなんともいい。

実家がスナックだったから、酒を飲む男たちの姿はいやというほど見てきた。だが、店にくる客のほとんどはやさぐれた気分で母親に愚痴《ぐち》をこぼしながら、不機嫌そうに酒を飲んでいた。どの男も背中が丸くなっていて、まるでそこに人生の重荷を背負っているのかのようだった。

だが、峰原はそんな男たちとはまったく違っていた。心地いいときを一緒に過ごす友達のように酒を飲む。こんな酒の飲み方をする男を見たのは、映画やテレビ以外では初めてかもしれない。峰原との楽しく貴重な時間はあっという間に過ぎて、その夜はタクシーでミチルの古びたアパートまで送ってくれた。

「ここからK大だと通学が大変だろう?」

「でも、家賃が安いんです。学費やら生活費やらで、正直これでも精一杯なので仕方ありません」

タクシーを待たせておき、アパートの前まで送ってきてくれた峰原にミチルは取り繕うことなく言った。さすがに経済的に苦しくて休学を考えていることまでは言えなかったが、どうせ違う大学の教授で、もうこんなふうに会うこともないだろうから、自分の貧しさをいちいち恥じても仕方がないと思ったのだ。

ところが、今夜のお礼を言って別れようとしたとき、峰原は階段で誘ったときのようにとても自然な仕草で肩に手をかけたかと思うと、ミチルの体を胸元へと引き寄せた。

「あ……っ」

一瞬声を出したものの、すぐにそれは峰原の口腔へと吸い込まれていく。気がつけば峰原の口づけを受けていた。驚いたけれど、いやではなかった。拒むこともなくうっとりとその口づけを受けたあと、彼から名刺を渡された。

「気が向いたらいつでも連絡しておいで。君とはぜひまた話したい」

それが峰原とミチルの出会いだった。

名刺をもらったとはいえ、社交辞令を真に受けて連絡をしようとは思わないまま数日が過ぎた頃だった。例のシンポジウムに誘ってくれた園田が、講義終わりに声をかけてきた。

「S大の峰原くんが君のことを褒めていたよ。いまどき珍しくよく勉強しているってね。この間は質問に全部答える時間もなかったから、またいつでも連絡してくるといいと言っていたな」

園田経由でそんな言葉を聞くと思わなかったが、二人は同じ大学の先輩後輩になるらしい。

「ちょっと変わり者だが、研究熱心な男だ。学生と議論するのも好きでね。柔軟な頭でいるには、若い連中と話すのが一番だと思っている。まぁ、実際、彼はいつまでも若いけどね」

後輩の優秀さと少しばかり奔放《ほんぽう》な性格を苦笑とともに言うと、ミチルに気兼ねなく連絡すればいいと勧めてくれた。そんな言葉に背中を押され、ミチルから峰原に連絡をしたのは名刺をもらった一ヶ月後だった。

会えば峰原の豊富な知識から学ぶことはいくらでもあった。二十以上も年上の男は当然の

ように人生経験が豊富で、一緒にいれば安心して頼れる存在だ。そんな彼と二度、三度とプライベートで会ううちに肉体関係ができたのはごく自然な成り行きだった。峰原は過去に離婚して以来ずっと独り身で過ごしてきたというので、そういう意味でも体を重ねることに抵抗はなかった。

そうして、何度か会っているうちにミチルの家庭の事情を知った峰原は、自分の出来る範囲での資金援助を申し出てくれた。

抵抗がなかったといえば嘘《うそ》になる。だが、大学を休学するかどうか悩んでいたときに、それはあまりにも魅力的なオファーだった。それも、相手が峰原ということがミチルの心を動かした。ミチルは峰原に惹《ひ》かれているし、彼も遊び相手としてであってもミチルを憎からず思ってくれている。

「四十も後半になって、若い男の子と遊んでいるだけではいささか気が引ける。気軽な独り身で経済的にゆとりはあるから、同じ歴史を学ぶ者として勉強熱心な苦学生の支援ができればいいし、それ以外でも二人で楽しい時間を過ごせればいいと思うんだよ」

峰原はけっしてミチルを束縛したりはしないとも言った。ミチルの恋愛の自由を尊重してくれるつもりだったのだろう。ミチルにしても、他にも楽しむ相手は何人もいるだろう魅力的な大人の峰原を独占できるとは思っていなかった。

結局、人に吹聴《ふいちょう》して回る関係でもなく、自分たちがよければ問題はない。そう割り切って、二人はこの二年あまり関係を続けてきた。今でもつき合いはじめた当初と同じように、彼の恋人になりたいなどと贅沢を望むつもりはない。そのかわり、金銭の援助をしてもらっていることに罪悪感を持つのもやめた。

峰原が常日頃から父親代わりのようなものだと口にしているように、ミチルは彼が手放さざるを得なかった息子の身代わりなのだろう。ミチルの中にも峰原のことを父のように慕う気持ちもあるし、先達《せんだつ》として尊敬していて、なおかつ一人の男性として好意を抱いている。

ミチルは自ら選んでこの二年を峰原と過ごし、彼もまたいろいろな面でサポートし続けてくれて、おかげで大学の四年に進級して間もなく就職先も決まった。大手新聞社の系列で、広告と雑誌関連を統括している企業から早々に内定をもらっている。大学の成績も問題なく、卒論の構想もまとまりつつある。あとはじっくりと卒論を仕上げながら、残された在学期間中に好きな近代史の研究に没頭するだけだ。

働きはじめれば日々の仕事に追われて、歴史書をゆっくり読む時間さえなくなってしまうだろう。峰原との関係もどうなるかはわからない。卒業後のことは彼から何も言われていない。ミチルが学問の場から離れれば、峰原との関係も自然に終わりを迎えるかもしれない。

もし彼が他の若い学生を見つけて援助するとしても、ミチルが何を言える立場でもないのだ。むしろ世話になった礼を言い、彼のおかげで存分に学べたことに感謝するだけ。

ただ、卒業までの数ヶ月はこれまでどおり峰原とも穏やかな時間を過ごしたい。残された大学生活は、ミチルにとってあらゆる意味でモラトリアムであることは間違いなかった。

◆◆

東京の大学に進学してから暮らしている古びたアパートの一室は、ただ眠るだけの場所だった。それは今も変わらない。峰原からの援助を受けるようになっても、通学に便利な場所に引っ越すことはしなかった。

また、峰原からは彼のマンションの部屋で一緒に暮らせばいいと何度か誘われたが、月々の決められた経済援助以上に彼に甘えることはしたくなかった。それはミチルにとってなけなしのプライドでもあったが、同時に自己防衛でもあった。峰原との関係に終わりがきたとき彼の部屋を出る自分を想像したら、それはそのまま母親の姿に重なった。

(もっとも、母さんの場合は彼女が男を部屋に引きずり込んでいたんだけどな……)

優しくしてくれる男がいればすぐに恋愛関係になり、自分の家に連れ込んでしまう。やがてその男との関係がうまくいかなくなり相手が部屋を出ていってしまうと、彼女はきまって泣き叫んで悲しんだあと、しばらく魂が抜けたように呆《ほう》けるのだ。それで、懲《こ》りればいいのだけれど、彼女はまた男を求めてしまう。

ときには、一人の男の愛では満たされず他の男との愛へ走っては、愛憎の修羅場を何度も繰り返す。どこまでも愛に飢えた、悲しい性《さが》を背負った女性だった。そして、自分は間違いなくあの母親の血を引いている。

峰原との関係が終わるとき、けっして彼女のように惨《みじ》めな姿にはなりたくないという気持ちから、ミチルはこの二年間というもの同居の誘いを受けることができなかった。

自分が住んでいる部屋には机さえなくて、勉強はほとんど大学の図書館か空《あ》いている講義室でやってきた。また、大学のカフェテリアはミチルにとって食事をする場所というよりは、自動販売機のコーヒーを飲みながら読書をする場所だった。

ランチタイムを避ければ、空席が多くて広いテーブルで落ち着いて本が読める。薄く味のないコーヒーもすっかり舌に馴染《なじ》んでいたし、休講になった学生たちがたむろして話している適度な雑音が、かえってミチルを本の世界に集中させてくれるのだ。

その日もミチルは午後のカフェテリアで、卒論のために必要な資料であるスターリンの対極東政策についての翻訳本を読みふけっていた。

本名は「ジュガシヴィリ」だが、通称ヨシフ・スターリンの「スターリン」は「鋼鉄の人」という意味だ。だが、彼に関する書物を読むたびに、ミチルはいつもこの男を「鋼鉄の悪魔」と呼びたくなる。

世界中が狂気と不幸のどん底に突き落とされていた時代、たった一人の完全勝利者であった彼の策略と所業はあまりにも悪魔的だ。だからこそあの時代に勝ち残れたのも事実だが、その後の祖国の崩壊を彼は予測していたのだろうか。国の栄華に永遠はない。それは歴史がはっきりと教えてくれている。だが、同時に絶望にもまた永遠はないことを歴史は語っている。人の一生もまたそうなのかもしれないとぼんやり思う。だとしたら、永遠の幸福も永遠の不幸もないはず。

歴史に興味を持ちはじめた少年の頃は、単純に昔の人の知恵に驚いたり、英雄と呼ばれる偉人たちの活躍に感動したりしていた。だが、近代史を勉強するようになってからは、人類が過去から学ぶことなく繰り返す愚行に刹那的《せつなてき》な気持ちになることが多々あった。と同時に、歴史が大きく動くときに偶然はなく、すべては仕組まれた必然だと考えるようになった。

近代史の振り返ったらすぐそこにある事実は、遠い過去の痛みよりもより生々しく感じられる。だからこそ、知らずにはいられない。より正確に史実を知りたいと思う。それはミチルにとって強烈に突き動かされる純粋な好奇心であり、それ以上に高尚なものでもそれ以下の下世話なものでもない。それゆえにずっとこの世界に夢中になっていられた気がするのだ。

ソビエトは謀略により、対ドイツ戦に備えるため目障《めざわ》りな日本を中国との争いへと引きずり込み、最終的にはアメリカを利用したハルノートにより大東亜戦争へと追い込んでいった。すべてはスターリンが仕組んだことに間違いないだろう。その無慈悲で冷徹な工作活動に関する記述を読みながら、ミチルがすっかり冷めたコーヒーを一口飲んで微かな吐息を漏らしたときだった。

「今日も読書中か……」

そんな声がして、コーヒーの入った紙コップを片手に顔を上げた。カフェテリアのテーブルを挟んだ向かい側に立っているのは、ミチルの見知らぬ学生だった。彼はにっこり笑ったかと思うと、ミチルの前の席を指差してたずねる。

「ちょっといいかな？」

向かいの席に座りたいのかと思い「どうぞ」とばかり小さく頷《うなず》いたが、すぐに奇妙なことに気がついた。この時間のカフェテリアには学生はほとんどいなくて、席は他にもたくさん空いている。わざわざ人のいる向かいに座ることはないと思ったが、彼はたずねるまでもなくミチルの疑問に勝手に答えてくれた。

「学部が違うとなかなかタイミングが合わないもんだな。でも、やっと声をかけることができた」

彼は、この大学の理工学部電子工学科の四年に在籍している手塚一行《てづかかずゆき》と名乗った。比較的大きな大学で学生数も多い。四年目になっても、学部が違えばほとんど知らない学生ばかりだ。もちろん、手塚という彼のこともこのとき初めて顔を合わせた。だが、彼のほうはそうではなかったらしい。

「カフェテリアや図書館でよく見かけていたんだ。そっちは知らないと思うけどね」

向かいに座って身を乗り出すように話しかけてくるので、ミチルは読みかけの本から視線を上げざるを得なかった。手塚の態度は少々強引でぶしつけにも思えたが、不思議なことに彼の物怖《ものお》じしない態度にあまり不快感はなかった。

妙にさばけた口調も、むしろさわやかな印象だ。切れ長の目やすっきりと筋の通った鼻に、全体的に彫りの深い面立ちは清潔感があって都会的とでも言えばいいのだろうか。このとき一瞬、初めて会ったはずの彼に懐しさのようなものを感じた。

自分の知っている誰かに似ているのだろうかと思ったが、ミチルの知人や友人はあまりにも限られている。まして地元には手塚のようなタイプはいなかった。

おそらく、数人が集まっていればまずは彼に視線がいってしまうだろう。好感度の高い容貌であるのは間違いない。と同時に、細身だが長身なので単純に目立つということもある。いずれにしても、ミチルの嫌いなタイプではないし、見た目のいい青年だと思う。だが、彼が話しかけてきた理由がわからない。

「やっとって、声をかけてどうするの?」

「男なのに、すごくきれいな子がいるから気になってたんだ」

その言葉を聞いて、内心「ああ、またか」という思いだった。こういう風に声をかけられるのは何度も経験している。同じ学部の連中ならミチルにはつき合っている人がいて、誘ってもなびかないことは知っている。だが、違う学部の学生の場合、今でもこういう誘いをかけてくる者がいるのだ。

また、大学内でどういう噂《うわさ》になっているのか知らないが、呆《あき》れるほど女の子からの誘いはなく、声をかけてくるのはきまって男子学生ばかりだった。

「悪いけど、『子』ってのはやめてもらえないかな。同じ学年だから。それに……」

「とりあえず友達になりたいんだけど、駄目かな？」

ミチルの言葉が終わらないうちに手塚が言った。たいていはそういうアプローチから始まる。彼は少々強引ではあるが、予測どおりの言葉を口にしたので小さく溜息を漏らす。

「とりあえずって？　あまり言葉の選び方がうまくないと思うけど」

彼の胸の内はわからないが、どうせ他の連中と一緒だろう。少し話してミチルにとりつくしまがないと知ると、すぐに離れていくにきまっている。中には少し粘って何度もランチや遊びに誘う者もいたが、ミチルの素っ気なさに彼らの忍耐力も持って一週間だった。

大学に入ったばかりの頃は寂しかったけれど、友達を作って遊んでいる暇はなかった。峰原の援助を受けるようになってからは、バイトも時給のいい塾の講師だけにして時間のゆとりはできた。けれど、その時間は学業と峰原との時間に当てられるようになった。

峰原といれば同世代の連中といるよりもずっと興味深い話が聞けるし、抱かれればこれまでの誰よりも深く淫らな快感を与えてくれる。気がつけばミチルの日常は峰原で埋め尽くされていて、何より自分自身がそれに不満を感じることのないまま四年生になっていた。なので、いまさら大学で友達と言われても、正直興味がないのだ。

「ごめん。友達は今のところ必要ないかな」

「今のところ？　必要ない？　どうして？」

手塚はミチルの答えに怪訝《けげん》そうな表情で聞いてくる。彼の「とりあえず」というのもいい言葉の選択ではなかったが、ミチルの「今のところ必要ない」というのも適当な表現ではなかった。「君に興味はない」と言い捨てるよりはましだと思ったのだが、手塚にしてみればその意味と理由を知りたいと思うだろう。

会話を長引かせるつもりはなかったのに、しくじったなと思いながらミチルが何かうまい説明はないだろうかと考える。そこで、ミチルは自分が外交的な人間ではなく、一緒にいてもさほどおもしろみのある人間ではないことを告げた。そして、子どもの頃から学校では友達らしい友達もいないまま過ごしてきたから、いまさらそういう存在がほしいとも思わないのだとも話した。それが本当の理由ではないが、まったくの嘘でもない。

友達の数が自分の価値を決めるとは思わないし、孤独を埋めるために誰かといたいと思わない。だから、無理に接点を作ったり、ぎこちない会話を続けたりする必要はないと思うのだ。峰原との関係が続いているのも、そういう必要がなく一緒にいる理由が明確だからだろう。

手塚はミチルの言葉を聞いてもなお、少し考える素振りを見せる。

（あれ……？）

手塚が小首を傾《かし》げて考えている表情を見て、やっぱり見覚えがあるような気がした。彼と話したのは今日が初めてだ。彼がミチルを見ていたというときに視線の片隅に姿が映っていて、それが脳裏《のうり》に残っているのだろうか。だが、それも違うような気がした。

いつもならこの時点で一言断って席を立っているのだが、手塚の顔を見て記憶をたどっているうちにそのタイミングを逸してしまった。

「じゃ、友達だけじゃなくて、それ以上の関係になりたいって言ったら考えてくれるのかな？」

「え……っ？」

ぼんやりしていたところに予期せぬ言葉が返ってきて、一瞬手塚の顔を凝視してしまう。かなりはっきり断ったつもりだが、諦めることも懲《こ》りることもない彼の態度に苦笑が漏れる。下手《へた》に言い訳や理屈を並べる連中よりは好感が持てるが、ずいぶんとストレートな告白だと思った。

「本気で言ってるの？　手塚くんってゲイなわけ？」

「同じ歳だから、呼び捨てでいいよ。『カズユキ』でも『カズ』でもいい。親しい連中は一行で『イッコウ』って呼ぶ奴《やつ》もいるけど、それは好きじゃない。だから、越野のことも『ミチル』って呼んでいいかな？」

質問に答えるよりも先に、いきなり懐《ふところ》の中に飛び込んでこられた気がしてさすがにちょっと慌てた。

「僕の名前も知っているの？」

「まぁ、それ以外にも歴史学科で近代史を専攻しているとか、特待生枠で成績優秀とか、すでに就職の内定をもらっているとかいろいろ知ってる。気になっている相手のことは誰だって少しは調べるだろ。ただし、ストーカーはしてないから」

さわやかな笑顔で言うのを見れば、そういう陰湿な真似《まね》をするタイプではないことはわかる。それに、名前や学部や身辺についての噂話くらい、同じキャンパスにいれば耳にすることもあるだろう。

「それで、僕がゲイだって噂も聞いたわけ？」

「やっぱり、そうなのか？　いい男なのに女の子が近寄りもしないってのは不自然だと思っていたんだ」

ちゃんとミチルの答えを聞く前に勝手に納得しようとしているので、わざと呆れたような素振りをして言ってやる。

「誰かが憶測で立てた噂のせいで、誤解されているだけとは思わないの？」

「だから、それも直接確かめたくて声をかけたんだけど」

「ああ、なるほどね」

だが、自分の答えを言う前に彼の答えを聞きたい。

「そういう手塚くんがゲイかどうかって質問には、まだ答えてもらってないけど。自己紹介ついでにそれは言わないの？」

口調は穏やかで笑顔だが、あまり友好的な言葉ではないのは確かだ。それに、たった今会ったばかりの相手を名前で呼び捨てる気もないし、心を開く気もない。

「あれ、名前は呼んでくれないんだな……」

ちょっと残念そうに呟《つぶや》いた手塚だが、気を悪くした様子もなく案外真面目《まじめ》に質問について考えて答える。

「俺《おれ》がゲイかどうかだけど、正直よくわからない。今までつき合ったのは女の子ばかりだった。でも、越野を見たときにその可能性はあるかもしれないって思った。素直にきれいだと思ったし、もっと近くで見たいし、できれば触りたいと思った。それでもし気持ちが変わらなければ、それ以上のこともって考えるのは自然じゃないかな」

手塚の言葉を聞いて、ミチルはつい小さく声を漏らして笑ってしまう。もちろん、馬鹿《ばか》にしたわけではない。だから、すぐに口元を押さえて謝った。

「ごめん。手塚くんのことを笑ったわけじゃない。いや、ちょっとはおかしかったかな。だって、あまりにもストレートすぎてさ。こんなふうに声をかけられるのは初めてじゃないけど、ここまで正直な告白は初めてだ。少なくとも、好意を持ってもらっていることは嬉しいと思う。でも、本当に笑ってしまったのは別の理由」

「別の？　それって何？」

彼と会話を始めてわずか数分だ。こういうふうに淀《よど》みなく自分の意見を述べ、気づいたことはすぐさま質問をしてくるのは、頭の中をよく整理できているからだろう。彼が頭のいい人間なのは間違いないと思った。そして、そういうところもやっぱり自分の知っている誰かに似ているような気がした。

「つまり、僕のことを買いかぶっているというか、見た目の印象に惑わされているんじゃないかなってこと。そのせいで、いろいろとあらぬ噂を立てられてきたのも事実だしね」

生まれつき茶色い柔らかめの癖毛の髪や母親によく似た女顔、さらには色が白く華奢《きゃしゃ》な体。そんな容貌から人がミチルに抱く印象は、実際の自分の性格と大きく隔たりがあるようだ。

地元にいたときも明るい性格ではなかったが、東京にきてからはその内向的な性格が、「おっとり」しているとか「はかなげ」などと、控えめな人間に誤解されてしまうらしい。それが少し会話をしたのちには、「冷たい」とか「無関心」などと否定的なものに変わる。結果、ミチルの噂は「女みたいな顔をした、とっつきにくい奴」に定着するのだ。

確かに、そういう部分はあると思う。単純にまどろっこしい会話につき合っている暇がなかったというのが主な理由だ。それに、そもそも人がミチルの外見から勝手に想像するように、「おっとり」もしていなければ、「はかなく」もない。

母子家庭で生まれ育ち、スナックを経営する母親ややさぐれて酒を飲む客たちの姿を見ながら育ったせいもあると思うが、ひどく泥臭い現実を幼い頃から目《ま》の当たりにしてきたので、夢想的であるより現実的にならざるを得なかった。

最初は抵抗があったものの、峰原とのつき合いが続いているのも、「ギブ&テイク」的な関係であることが大きいと思う。ミチルにはそれが必要だし峰原もそれで得るものがあると言ってくれるから、かえって安心して彼のそばにいられる。

峰原との関係はともかく、自分の性格についてはこの際はっきりと言っておいたほうがいいだろう。手塚が正直に自分の気持ちを告白してくれたように、ミチルもそれには誠実に答えようと思った。

「ストーカーじゃないにしても、僕についていろいろ聞いたんだよね。それって、学部や名前や出身地とか成績の他にも、愛想のないつき合いにくい奴だとか、話しても退屈な人間だとか、女の子に興味がないからきっとゲイだとか……」

「おおよそそんな感じかな」

「それ、ほとんどそうだから」

「じゃ、やっぱりゲイなんだ」

ずいぶんとこだわっているようだが、それについてはずるいとわかっていながらお茶を濁《にご》すように肩を竦《すく》めてみせた。要するに、好きなように受け取ってくれればいいという意味だ。

すると、途端に手塚は少しばかり強い視線でミチルを見つめる。

ごまかしのきかない厄介な相手だと思ったが、それでもまだミチルは逃げ切れると思っていた。大学時代の思い出は学業に没頭したことと、峰原という特別な存在がいたことで満たされている。これ以上のものは必要としていない。だから、手塚がどういうつもりであっても、これまでどおりの自分のスタンスを崩すつもりはなかった。

「そうであってもなくても、手塚くんには関係ないと思うよ。最初に言ったように、今の僕に友達は必要ないから。ましてやそれ以上の関係も必要ない。だから、ごめんね」

ミチルがそう言ってテーブルの上に開いていた本を閉じる。このままここにいては読書を続けることはできないと諦めたからだ。だが、コーヒーを飲み終えた紙コップを手にして立ち上がったときだった。

「それって、特別な人がいるからってこと？　どこかの大学教授といい仲だって噂も聞いた。それは本当なのかな？」

椅子《いす》をテーブルに押し込む手が止まった。そして、顔を上げて向かい側に座り頬杖《ほおづえ》をついてこちらを見ている手塚の顔を凝視する。

「そんな噂どこで……」

ミチルにきまった相手がいると考えている連中は多いと思うが、相手が峰原だとは誰にもばれていないはず。ミチル自身口にしたことはないし、プライベートで会うのもほとんどが

彼のマンションだ。

峰原は歴史研究の世界ではそれなりに名前も顔も知られているが、芸能人のように誰にでもすぐに気づかれるような存在ではない。一緒に食事に出ることはあっても、周囲からは父親と食事をしていると思われるくらいだ。

だから、二人の関係を知る者はいないはずだし、園田でさえ峰原とミチルが大学の壁を越えた単なる師弟関係だと疑っていない。それなのに、手塚は確信を持った口調で言うのだ。

「父親ほどの年齢の男が恋人なんだろ？　それなら同じ歳の男なんてガキっぽくて相手にできないのもわかるよ。でも、その人とは純粋な恋愛関係なわけ？」

それまでは少々強引でもぶしつけでも悪い印象はなかった。だが、今の手塚の表情はこれまでとは違う。何かを知っていてミチルを試しているとわかる。そして、何を試されているのかもわかりすぎるほどわかる。だが、そんなことを認めるつもりもないし、今日会ったばかりの彼に教えてやる義務もない。だから、ミチルは涼しい顔でとぼけてみせる。

「それも噂だろ。僕にはなんのことか、さっぱり……」

「S大の峰原教授だよな？　ずいぶんと親しくて、彼の部屋にも出入りしているみたいだけど」

そのとき、ミチルの心の中で「あっ」と小さな声が漏れた。どうしてもわからなかった手塚への既視感の理由に気づいたのだ。彼は自分のよく知っている人物に似ている。男として魅力的な目鼻立ちや背格好だけでなく、なにげない表情や人を引き込む口調や、強引でいても人に苛立《いらだ》ちや嫌悪感を与えない独特の雰囲気まで、すべては峰原にそっくりだった。

「彼と特別な関係だから、他の誰かが立ち入る隙《すき》もないってこと？」

さっき手塚はミチルのことをいろいろ調べたと言っていた。ストーカーまではしていないと言っていたが、ミチルが峰原のマンションに通っていることくらい、その気になれば誰でも知ることのできる事実だ。

峰原の立場を考えれば、この場をごまかしてしまうほうがいいにきまっている。相手が手塚でなければ、ミチルは迷わずそうしていただろう。だが、気づいてしまったからには、それはできない。しても無駄だとわかっている。

「君、誰……？」

それでも、ミチルは震える声で質問してしまう。もちろん、答えを聞くまでもなかった。

「さっき自己紹介したけど、あとはつけ足すとしたらS大の峰原教授が実の父親ってことくらいかな。もっとも、六歳の頃から会ってないから、血の繋がりがあるといっても他人のようなものだけど」

飄々《ひょうひょう》と答えているのはわざとだ。それでミチルの反応を試しているのだ。うろたえないでいようとしても無理だった。峰原からは何度か彼の息子の話は聞いていたが、まさか同じ大学にいるとは思ってもいなかった。まして、こんな形で声をかけられるとも思っていなかった。

急に眩暈《めまい》がしたのは、昨夜の寝不足のせいだ。峰原のマンションで遅くまで過ごし、結局終電に間に合わずに始発でアパートに戻ったのは、一時間目から園田に頼まれた一年の試験の監視役をしなければならなかったから。

午後からは自分の授業を受けて、塾のバイトの時間までカフェテリアでいつものように読書していた。だが、本の字を追っていたときは襲ってこなかった疲労がここにきて急にミチルの肩にのしかかってきた。

その場でしゃがみ込みそうになったミチルは椅子に手をかけ、懸命に自分を支える。その様子を見て、自分も席を立ってやってきた手塚がミチルの二の腕をつかむ。

「大丈夫か？　具合が悪そうだ」

そのとき、ミチルはゆっくり顔を上げて手塚のことをもう一度凝視する。今自分の二の腕を握っている手の感触は、初めて峰原に会ったシンポジウムの帰り、会場のホテルの階段を下りるときにミチルの肩を抱いたあの手の感触とそっくりだった。

『あとはつけ足すとしたらS大の峰原教授が実の父親ってことくらいかな』

手塚はそう言った。あれからミチルの心はひどく落ち着かない。講義を受けていても本を読んでいても、ふとした瞬間に心が虚《うつ》ろになる。そして、考えているのは手塚のことだ。

彼とはあれからキャンパスで何度か顔を合わせた。どちらも講義の合間の移動のときとか、バイトに向かう途中とかで、ちゃんと向き合って話すような時間は持っていない。ただ、手塚はミチルを見かけると、手を上げて軽い挨拶《あいさつ》をして寄越す。そんな彼の胸の内にはどういう思いが渦巻いているのだろう。

周囲に人もいるので無視をするような感じの悪い真似もできず、ミチルもちょっと会釈《えしゃく》したり小さく手を振ったりはする。だが、こちらの内心もまたけっして穏やかではない。

手塚は自分の父親とつき合っているミチルのことを非難したいのだろうか。若いミチルが自分の父親をたぶらかしていると考えて、別れさせたいと思っているのかもしれない。

（そう思う気持ちはわからないではないけど……）

年齢もまさに親子ほどだし、同性同士だ。おまけに、手塚は知らないはずだが、経済的な援助を受けている関係でもある。そのことに対する後ろめたさはあえて考えないようにしてきたけれど、手塚は二人の関係が純粋な恋愛なのかと確認していた。もしかしたら、その疑いも彼は持っているのかもしれない。

峰原の息子については、食事やピロートークの最中に何度か話してくれたことがあった。

彼は離婚の原因が自分の性的指向のせいだったとはっきり認めている。

一人息子は妻側が引き取るという条件で、しばらくはその子とも月に一度は会っていたそうだ。だが、元妻が再婚したのをきっかけに息子と会わないでほしいという要求がきた。もちろん、法的には峰原にも面接権があった。だが、彼女の希望を受け入れたという。

自分の苦い過去を話すときでさえ、峰原の口調は穏やかでどこか客観的にも思えた。だが、一人息子のことについて話すときだけ、残念そうに少し表情を曇《くも》らせているのがわかった。会わなくなって十数年。今では母親とともに新しい家庭で幸せに暮らしているらしく、心配はしていないと笑っていた。以来、好きな学問の道で生きていく傍《かたわ》ら、自分自身を偽ることもやめたのだそうだ。

奇《く》しくも彼の息子がミチルと同じ年齢だと聞いたとき、彼が自分に援助してくれるのは息子の身代わりのようなものかもしれないと思った。でも、それでもいい。それで充分だった。父親の存在やその温《ぬく》もりを知らなかったミチルにとってもまた、峰原は父の代わりだったから。

けれど、二人の間には間違いなく互いを思う気持ちもある。いくら経済的援助が必要でも、好きでもない人に抱かれようとは思わない。峰原だって性欲を処理するだけなら、もっとあとくされのない遊びができるはずだ。それでも、つき合いはじめた頃には何人かいたらしい遊び相手もいつしかその影がなくなり、峰原はミチルさえよければ同居しようとまで言ってくれた。

だから、自分たちの関係は少し歪《いびつ》であっても、一つの恋愛の形だと思っている。ただし、手塚にしてみれば父親が自分と同じ歳の男を抱いていると思えば、複雑な気持ちになるのも無理はない。まして、そこに金銭的援助があると知りミチルを軽蔑《けいべつ》するのはいいとしても、自分の父親に関しては誤解してほしくない。峰原はけっして淫らな欲望だけでそうしているわけではないのだから。

(ゲイかそうでないのか、ずいぶんとこだわっていたものな……)

あらためてカフェテリアでの手塚との会話を思い出し、ミチルは重い溜息を漏らす。

何がきっかけで父親とミチルの関係を知ったのかはわからないが、自分でそれが事実かどうか確認したかったのだろう。そのために、手塚自身がミチルに興味を持っているふうを装って探ってみたが、ゲイかどうかなかなか明言しないので痺《しび》れを切らしたのかもしれない。

結局は峰原との関係を知っていると、彼のほうから告げられた。ミチルは言葉でこそ何も言わなかったが、あのときの動揺がすでに彼の疑問を肯定しているも同然だった。

(どうしたらいいんだろう……)

そして、手塚はミチルに何を望んでいるのだろう。ミチルには父親がいないので、手塚の立場になって考えるのは難しい。いずれにしても、ミチルはまだ峰原と別れたくはない。今となっては金のことよりも精神的な部分のほうが断然大きくて、今すぐに別れるというのは辛《つら》いものがある。

いずれは大人の彼に飽きられ、関係の終わりを告げられる覚悟はしていても、せめて大学に通っている間だけは彼のそばにいたいと思っていた。

思いがけない悩みを抱えながら、ミチルはその日も峰原のマンションに向かっていた。水曜日はミチルの塾のバイトがなく、峰原も午後からの講義がないので、人に会う約束などが入っていなければ真《ま》っ直《す》ぐマンションに戻ってくる。ミチルとつき合う以前はけっこう飲み歩いていたらしいが、近頃は部屋で過ごすほうが落ち着くと言っている。

夕刻には彼のマンションに着いて、二人で夕食を作りダイニングテーブルを囲んでいるときだった。いつもの歴史談義が途切れ、ミチルがふと思い立って以前ほど外で飲むことがなくなりつき合いが悪いと言われていないかたずねてみた。

「歳もあるだろうけど、ミチルといると退屈しないからな」

「先生にそう言ってもらうと嬉しいですけど、退屈しないなんて言葉は他の誰からも聞いたことがないです」

「そうなの？　わたしは君といると楽しいけどね。歴史の話もできるし、おもしろい質問をしてくれるし、おまけにベッドでは気持ちいいくらい乱れてくれる。まったく退屈しないよ」

そう言いながらミチルの作ったシーフードドリアを食べては、今日の帰りがけに自分で買ってきた白ワインを飲んでいる。

独り暮らしが長くて自分でも料理をする峰原は、外食の機会も多いためけっこう食通だ。それでも、ミチルが母親の見よう見真似で作ったような料理でも、美味《おい》しいといって食べてくれる。

「ベッドではともかく、大学では『堅物』とか『愛想なし』って思われていますよ。同じ歴史を勉強していても、先生とは大違いです」

園田もよく言っているが、峰原との酒の場では一緒に飲む者は皆退屈を知らないらしい。きっと今でも誘いはたくさんあるはずだ。

(それに、きっと研究関係の人ばかりじゃなくて……)

体の関係を持っていた遊び相手からの誘いも相変わらずあると思う。それでも、峰原はミチルといることに不満はないと言ってくれる。誰に対してもソツなく好感の持てる態度や言葉を選ぶ人だが、二年も一緒にいると本当と嘘の使い分けもわかる。少なくとも彼はミチルに嘘は言っていない。

そもそも、嘘などつく必要もなくて、他の誰かと遊びたければそれは峰原の自由で権利なのだ。だから、峰原もミチルに自由に恋愛すればいいと言ってくれていて、自分たちは互いを縛り合う関係ではない。

「それで、その大学で何かあったのかな?」

「え……っ?」

いきなり峰原に訊かれてその意味がわからず、ミチルがワイングラスを手にしたまま動きを止めた。すると、峰原も一口ワインを飲んでこちらじっと見る。

「何か思い悩んだ顔をしている。学業のことではないだろう。それなら、いくらでもわたしが手助けしてあげられるけれど、君は何も言わない。だとすれば、何か別のことだな。今の君は不安そうでいて、挫《くじ》けまいと頑張っているようにも見える。でも、迷いがあって心が少し虚ろだな」

二年も一緒にいて峰原の言葉の嘘と本当が見分けられるようになったが、同時に峰原もまたミチルがどんなになんでもない素振りをしても、心に何かわだかまりを持っていると見抜いてしまう。そして、こんなふうにさりげなく会話の口火を切って、ミチルにすべてを話させてしまうのだ。

自分の出生のことに実家の母親のこと、就職のことやもちろん勉強のことも峰原に相談してきた。すべてではないが、多くのことで峰原は的確な言葉でミチルにアドバイスをくれた。だが、今回のことだけは峰原に話すことはできない。

大人でどんな問題も受けとめることのできる懐の深い人だが、手塚は彼の血を分けた実の息子だ。六歳の頃から会えずにいる息子のことは、峰原にとっては唯一デリケートな問題だと思っている。それをミチルが容易に触れることはできないと思っていた。

「先生にはごまかしがきかないな。でも、そんな深刻なことじゃないです。ただ、あと一年もなくて卒業かと思うと寂しい気がしてしまうんです」

嘘ではない。大好きな歴史を学ぶ場から離れることや、峰原との関係に終止符が打たれる可能性を考えれば、どうしてもミチルの気持ちは沈んでしまう。それについては峰原も少し残念そうにテーブルに頬杖をつくと言う。

「自分の気持ちの持ち方次第で、どんな場所でも環境でも学び続けることはできる。ただ……」

そこで峰原は一度言葉を止めると、食べ終わったドリアの皿にフォークを置いて立ち上がる。そして、座ったままのミチルのそばにやってくると、両手を伸ばして優しく髪を撫でて頭を抱き締めてくる。

「先生……」

「わたしとしては、もっと君を見ていたいと思うんだ。けれど、仕事に就けば経済的な余裕もできるだろう。そんな君をいつまでも自分の思いだけで縛ってはおけないからね」

もし峰原が望んでくれたなら、自分はいつまでも彼のそばにいたい。それを願うとき、自分と峰原の間には何一つ確かな繋がりがないことを残念に思う。それと同時に、六歳の頃から会ってはいないとはいえ、峰原と血の繋がりがある手塚を妬《ねた》ましく思う気持ちが自分の胸の中にくすぶっていた。

その手塚から峰原との関係を責められたら、申し訳なさやらやるせなさとともに、悔しさに似たものがミチルの心に過《よ》ぎる。そういう自分でも整理できない感情を、峰原にぶつけるわけにはいかない。それはデリケートな問題に踏み入って峰原を困惑させたり、傷つけたりしたくないと思うから。だが、それ以前に面倒な問題を口にして、疎《うと》まれたくないというエゴイスティックな保身の気持ちもあった。

手塚がどういうつもりでミチルに接触してきたのか、その真意はまだわからない。だから、今の段階では何も言えないし、言うつもりもない。ただ、急にせつない気持ちが込み上げてきて、ミチルは自分を抱き締める峰原の背に手を回し、彼の腹部に押し当てた頬に温もりを感じながら呟く。

「ずっと先生のそばにいたいです。でも……」

「でも、なんだい？」

「世の中には望んで叶うことと叶わないことがある。無理に望みを叶えようとしたら、いろんなものが駄目になる。それくらいわかっていますから」

日本も世界も、歴史を振り返れば共通点はたくさんある。普遍的な事実として、欲望に溺れて己の望みを叶えようとしてきた権力者たちの末路は破滅以外になかった。国も人も同じだ。だから、ミチルはそんな不毛な望みを夢見るつもりはない。ただ、手塚がどう思っていようと、今しばらくだけはこの人の温もりを奪わないでほしい。それは、あまりにもささやかで切なる願いだった。

「ミチル……」

峰原は彼らしくもなく、どこかせつない声で名前を呼ぶ。何一つ彼の息子に関わることは話していないけれど、今の峰原の胸にはどんな思いがあるのだろう。

縋《すが》りつきたいけれど、懸命にそれをするまいとするミチルを哀れに思っているのだろうか。それとも、卒業までのモラトリアム独特の憂《うれ》いだと思って、慰《なぐさ》めてくれているのだろうか。

その夜もいつもと変わらず抱き合った。二度、三度と果てても、ミチルは飢えた体を持て余すように峰原の腕にしがみついていて、やがては気だるい体が限界を迎えて眠りに落ちた。

不安なことから逃れるように夢中でセックスをして、深い眠りの中にいたミチルだが、なんだかよくわからない黒い影が自分を捕まえようと追いかけてくる夢を見た。

（い、いやだ……っ。僕は……、僕は……）

一人になりたくないだけと呟く脳裏の声を聞きながら、明け方に目を覚ました。隣で眠る峰原の顔を見て、自分が悪夢でうなされていたのだとわかり、今度は安堵《あんど》の吐息を漏らす。けれど、目覚めてしまえばまた苦悩がミチルを支配する。不安から逃れるためにセックスに溺れ、眠りに落ちた。なのに、悪夢を見るくらいなら起きていて好きな人の寝顔を見ているほうがいい。そう思ってミチルが、ベッドにうつ伏せたまま頬杖をつこうとしたときだった。

「眠れないのかい？　それとも、怖い夢でも見たのかい？」

眠っていると思っていた峰原が言ったので、ミチルが驚いて彼を見る。うっすらと目を開いていた峰原の手が伸びてきて手首を握ると、寝惚《ねぼ》けているとは思えない力でミチルの体を引っ張った。勢い余って峰原の胸の中に飛び込むと、そのままじっと体を重ねていた。

「もう少し眠りなさい。こうしていれば、怖い夢も見ないさ」

優しい峰原の言葉に頷き、ミチルは子どものようにまた瞼《まぶた》を閉じて眠りの中へ戻る。明け方の浅い眠りだったけれど、峰原の言うようにもう怖い夢を見ることはなかった。

◆◆

四年に進級して二ヶ月が過ぎ、すっかり気候もよくなるとミチルもカフェテリアからキャンパスの外れの木陰のベンチへと読書の場所を変える。ここも人があまりこない静かなところで、ミチルのお気に入りだ。

それにもう一つ、自分の中でちょっとした使い分けがある。カフェテリアでは自分の勉強に必要な東洋史および近代史の本を読むことが多い。少しばかり雑音のあるところのほうがより本の内容に集中して入り込めるからだ。

そして、人のこないこの場所では趣味の本を読むことが多い。趣味といっても結局は歴史関係なのだが、自分の専門分野ではなくても興味のある本を読んでいるときは、それなりにリラックスできる。

「その本、俺も読んだ」

いきなりベンチの背後からそんな声がして、ギョッとしたミチルが振り返る。

「歴史は苦手だったのに、それはすごくわかりやすく書かれていて、初めて日本史の整理が自分の頭の中でできたって感じだったな」

そう言いながら真後ろに立っているのは手塚だった。すっかり気を抜いていたのもあるが、峰原といい手塚といい、ミチルの背後から読んでいる本をのぞき込んでいきなりコメントをするという同じ行動に内心苦笑が漏れた。

「お父さんの著書だものね」

ミチルが今読んでいたのは峰原が編集に携わった本で、「真実の日本史」というタイトルだ。峰原の著書の中ではかなり初期のもので、ミチルがこの本を最初に読んだのは中学校に入ったばかりの頃だった。以来、何度も読み返してきて、近頃では何か悩み事があるときの精神安定剤代わりに、すっかり覚えている内容の文字を追っていたりする。

「うちの書棚の片隅に隠すように置いてあったのを見つけてね。著者を見て父親の書いた本だとわかった」

それを手塚が手に取って何気なく開いてみたら、表紙の見返し部分にメッセージが書き込まれていたそうだ。

「先生からの？」

「そう。『君も歴史を好きになってくれると嬉しく思う』ってね」

母親としては別れた夫の著書など家には置いておきたくなかったのかもしれないが、息子へのメッセージが書き込まれた本を捨てるのは忍びないと思ったのだろう。けれど、届いた本は手塚には渡さず、書棚に入れたままになっていたのだそうだ。

峰原の話では、再婚した元妻は新しい家庭で息子ともども幸せに暮らしているということだった。離婚した夫の書いた本を息子に読ませたくないという気持ちはわからないでもないし、隠していたとしてもそれほど意地の悪いことだと思わない。彼女にすれば今の幸せを守りたいという気持ちもあっただろうし、息子にも妙な影響を及ぼしてほしくないと案じていたのだろう。

手塚自身は今の家庭で幸せなんだろうか。母親や義父に何かわだかまりのようなものはないのだろうか。そして、自分の実父である峰原のことをどんなふうに考えているのだろう。自分たちを捨てたという思いがあって恨んでいるのか、あるいは実父は実父として会えずにいても慕う気持ちがあるのか。

峰原とミチルのつき合いに関して、彼が何か言いたいのはわかっている。けれど、手塚自身のことを何も知らず、彼の本当の気持ちもわからないままでは、こちらも弁明のしようもない。

（弁明も何もそういう関係だけど……）

ただ、経済的な援助を受けていることは言わずにおこうと思っている。それは自分の保身のためというより、峰原のためにそうしたほうがいいと思うから。よしんばミチルがたぶらかしたとしても、それに踊らされて峰原が金を出していると思うと、手塚は実父に対して残念な気持ちを抱くかもしれない。

自分たちの間では割り切っていることでも、他人が聞けば眉《まゆ》を顰《ひそ》めることなのだ。まして実の息子なら耳に入れてけっして楽しい話ではないだろう。

「先生の著書は他にも読んでいるの？」

手塚自身のことを知り、彼の気持ちを確かめるため、ミチルはさりげなく峰原の本について会話を始めた。

「全部読んだ。新刊が出ると必ず送ってくれているからな」

「お母さんに何か言われなかった？　義理のお父さんにも？」

「義父は細かいことにこだわるタイプじゃないし、むしろたまには会いにいって本のお礼を言えばいいと勧めてくれるくらいだ。母親のほうは抵抗があったみたいだけど、そのうち何も言わずに届いた本を渡してくれるようになった」

「で、手塚くんはどうなの？　直接は会いにいってないみたいだけど……」

ミチルとつき合うようになったこの二年で、峰原が自分の息子に会ったという話は聞いていない。べつに隠すようなことではないし、彼にとっては嬉しいことだろうからあればきっとミチルにも話してくれているはずだ。

「何度か連絡しようかとは思った。会って話してみたいとも思ったけど……」

けれど、それはしなかったと言う。どうしてなのかたずねたが、手塚は曖昧《あいまい》に笑ってみせるだけだった。そして、ベンチの前に回ってきてミチルの横に座り、背負っていたバックパックを自分の足元に下ろす。

最初に会ったときも思ったが、峰原と同じように彼もなかなかお洒落《しゃれ》でセンスがいい。着ているシャツもバックパックも革のスニーカーも、一見どうということもないデザインだがよく見れば凝《こ》っていて、本人のこだわりが感じられる。峰原の言っていたように、母親の再婚後は経済的に不自由ない生活をしてきたのだろう。そんな手塚にミチルは読んでいた本を閉じてたずねる。

「先生の本は全部読んだのに、理系に進んだんだ。歴史にはあんまり興味なかったの？」

「父さんの本はどれもおもしろかったし、歴史は好きだよ。でも、たまたま理系のほうが得意だっただけだ。それに、義父の勧めもあったしな」

「義理のお父さんの？」

彼の義父は技術畑の人で、若い頃に勤めていた大手の電機機器メーカーを退職したのち、二十年ほど前に自ら電子機器の部品の会社を興《おこ》したという。現在では従業員を百名以上抱える企業になっていて、義理の息子の手塚にはぜひそちらの方面に進み、ゆくゆくは自分の経営する会社を継いでほしいと思っているそうだ。なので、大学卒業後はまず義父の知人の経営する企業で二年から三年働いて社会勉強をするということで、就職口はすでに決まっているらしい。

「歴史は好きだけど、仕事になるとは思っていないし、したいとも思っていないよ。好きなことを仕事にできるのは、ほんの一握りの人だ。父さんはその中に入るってことだな」

峰原はもともと実家が資産家であったこともあり、経済的な苦労を知らないところがある。若い頃から好きな学問に没頭できて、今もその道で生活ができているのだから幸運な人には違いない。

もちろん、手塚と同様にミチルもこの道の研究で生きていけるとは思っていないので、広告関係の会社に勤めることを決めたのだ。

しばらく卒業後の進路のことをなどたわいもない話をしてから会話が途切れ、しばしの沈黙が流れた。最初にカフェテリアで手塚に声をかけられてから二週間が過ぎていた。ミチルはあれからも何度か峰原と一緒の時間を過ごし、自分なりに手塚の存在についていろいろと考えてみた。

結局、峰原には手塚にキャンパスで声をかけられたことは言えなかった。この問題はまず自分が手塚ときちんと話をして、彼の意向を確かめてから峰原に相談する必要があれば、そのときは正直にすべてを打ち明けようと思っていたから。

手塚としては、実父のつき合っている相手がどんな人間が確かめると同時に、場合によっては文句や嫌味の一つも言いたいのかもしれない。あるいは、面と向かって別れろと言われる可能性もあるだろう。

経済的援助を受けているミチルの立場では、これは純愛なんだと開き直ることもできない。もちろん、手塚に正直に告白するつもりはないにしても、ミチルの中にそれはわだかまりとしてある。

「それで、手塚くんは先生のことをどう思っているの？ 長く会ってなくても、やっぱり父親は父親という気持ちなんだろ？ その父親が自分と同じ歳の男とつき合っているのは納得できないって思う？ あるいは、もっと単刀直入に先生と別れろって言いたいのかな？」

息子としての意見なら、ミチルは当事者として聞くべきだと思う。ただ、その後にどうするかはあくまでも峰原とミチルの二人の問題だ。あれからずっと考えてきて、それがミチルの出した一応の結論だった。すると、手塚がちょっと考えてミチルのほうへ向き直る。

「父さんのことについては複雑な思いがないわけじゃないよ。母さんは父さんのほとんどすべてについて否定的だけど、それは幸せになれなかったんだから無理もないと思う。俺が六歳の頃から父さんに会えなくなったのも、母さんの一方的な考えだと知っていたしね。でも、本が出ると必ず送ってくれて、俺のことを忘れずにいてくれることは嬉しかった。今の家庭で自分たちは幸せに暮らしているけれど、むしろ父さんのほうが寂しく辛い思いをしていないかと子ども心に案じていたくらいだ」

「それ、先生が聞くと喜ぶだろうな。じゃ、僕のような人間がそばにいると知って、がっかりしたわけだ」

ミチルが自嘲《じちょう》気味に言うと、それは違うと手塚が首を横に振る。

「いや、そのあたりのことがちょっと説明するのに難しいんだけど……」

「一応覚悟はできているから、率直に言ってもらっていいよ。何を言われても仕方がない部分もあるしね」

後ろめたさがあるミチルにとって、こちらを向き直る手塚の顔を真っ直ぐに見るのは怖い。なので、つい俯《うつむ》きがちになっていると重い溜息が一つ聞こえた。やっぱり、明るい話にはなりそうもない。

「あのさ、誤解してもらうと困るんだけど、俺は越野が父さんとつき合っていることについて非難するつもりもないし、それができる立場でもないと思っているから。父さんは独身なわけだし、誰と恋愛しようと自由だ。相手の性別や年齢についても、犯罪でなけりゃとやかく言うこともないさ。母さんと離婚した本当の理由も高校に上がった頃には察していたしね。

ただ……」

そこで一度手塚が言葉を途切れさせたので、ミチルはいよいよ金銭的援助のことを確認されるのではないかと思い内心ハラハラしていた。それは犯罪ではなくても、不道徳なことと受け取られても仕方がない。

峰原のためにも自分のためにもそれはだけは黙っているつもりだが、手塚に強く問い詰められたらと思うと不安だった。ところが、手塚の言葉の続きはミチルが案じていたこととはまったく違っていた。

「この間も言っただろう。俺は越野のことが気になっている。カフェテリアで見かけてからいろいろと噂も聞いたし、つき合っている人がいるらしいって話も耳にしていた。それで、これは本当に偶然なんだけど、ちょうどその頃に父さんから新しく出た著書が届いたんだ」

以前から一度は会ってこれまでの本の礼を言いたかったのと、母親と自分の近況を伝えたいと思っていた手塚は、封筒の裏にかかれていた住所を訪ねていったのだという。

「父さんとは長く会ってなかったけど、著作の裏の近影とかで見ていたしすぐにわかった。でも、その横に越野がいて、手を繋いで一緒にマンションに入っていくのを見たときは正直驚いたよ」

「えっ、そうだったの……?」

峰原とのつき合いについて自分たちから周囲に話すことはなかったし、一緒に外を歩いていても二人の関係を勘ぐる者はいないだろうという油断はあった。特に峰原のマンション近辺は人通りも少ないので、つい気を許して手を繋いだり、親密に肩を抱かれたりしていたと思う。

手塚は自分の父親が母親と離婚した理由を知っている。と同時に、ミチルの大学内での噂も聞いている。そんな二人が親密そうに同じ部屋に入っていくのを見れば、想像することはきまっているだろう。そして、事実そのとおりなのだ。

「まぁ、ショックだったね。自分が気になっている相手が自分の父親の恋人かもしれないってことだ。父さんに会いにいくつもりだったけど、すっかりパニックになってそのまま会わずに帰ってきてしまった。で、それっきり未だに会いにいく勇気がないままだ」

「あ、あの、ちょっと待って。その、僕のことを気にかけるようになったって……」

「キャンパスも広いし、学生の数は多いし、学部は違うし、同じ学年でもずっと顔を合わさないまま卒業してしまうこともあるよな。でも、カフェテリアで初めて越野を見かけたときはちょっと衝撃的だった」

思わずそのとき周りにいた学生の誰彼かまわず聞きまくって、ミチルが何学部の何年かをまずは知ったのだそうだ。それから、キャンパスにいる間は何気なくミチルの姿を探し、見かけない日もいつもミチルのことをぼんやり考えている自分に気がついた。そうしているうちに、それまでつき合っていた女の子とも別れてしまったという。

「それからはどうやって声をかけようかとか、恋人がいるってのは本当だろうかとか、そんなことばかり考えながら思い悩んでいたよ。何しろ同性にそんな気持ちになったのは初めてだったから」

手塚は戸惑いと同時に実父のことを思い出し、そういう遺伝もあるのだろうかと考えたりもしたそうだ。彼が峰原に会いにいこうと思ったのは、これまでの著書の礼を言うだけでなく、むしろそのことで相談できないかと考えたからだという。

ところが、そんな矢先に峰原とミチルが一緒のところを見てしまい、問題が一気に複雑に絡み合ってしまった。彼の言う「説明が難しい」というのは、つまりそういうことだったのだ。

「じゃ、この間の話は本気だったたってこと？　てっきり、先生と僕の仲を探るために声をかけたんだと思ってた……」

そんなミチルの言葉に手塚は苦笑交じりに、自分のやり方がよくなかっただろうかと腕組みをして考えている。そして、驚くほど峰原に似た所作でこちらに身を捩り、ベンチの背もたれに腕をあずけて言うのだ。

「もちろん、今も本気だけどね。ただ、父さんの恋人だと知ったときの動揺は我ながら情けなかったと思う。それを自分の中で消化して、越野に声をかけるまでしばらくかかったわけだから」

ミチルへの思いが告白以前に砕け、同時にもう一つの決意であった父親に会うという決意も崩れ、手塚はずっと悶々《もんもん》とした気持ちでいたという。だが、それに応える言葉がミチルには思いつかなかった。

峰原とのつき合いを非難されると思っていたら、彼の告白が本気だと言われて頭の中の整理がつかなくなっている。

「越野に恋人がいることは噂で聞いていたから覚悟の上だった。ただ、それが自分の父親だと知って混乱したし、及び腰になったのも事実だ。でも、それってないなって思った。だって、好きという気持ちはどうしようもない。学生生活もあと一年もない。気持ちを残したまま卒業して、中途半端に終わらせたくないと思ったから、打ち明けることにした」

「で、でも……」

「父さんとの関係が短くないことも、別れてくれなんて言えないこともわかってる。だから、俺は友達からでいいよ。それなら、問題はないだろう？　それとも、やっぱりまだ友達は必要ないのかな？」

「い、いや、あの、それは……」

単なる友達なら必要はない。恋愛感情の告白であっても、これまではきっぱりと断ってきた。けれど、手塚は峰原の息子だ。自分にとって特別な人の息子で、二人の関係も知っていてそれでも友人になろうと言われ、正直ミチルは答えに困っていた。

初めてカフェテリアで声をかけられたとき、彼の容貌に奇妙な既視感があって少しばかり強引な態度や口調でも不快感を抱くことはなかった。それは、自分の好きな人の面影《おもかげ》を彼に見ていたからだ。そして、あらためて話をしてみれば、やっぱり親子というのはこんなにも似るものなのだと驚いている。

「時間が合えば一緒に昼を食べたり、休日に一緒に出かけたりできればいいと思っているけど、それも無理なのかな？」

峰原に気遣ってか控えめな誘いに、「ノー」とは言いにくい。

「でも、先生にはそんなこと……」

どう説明したらいいんだろう。手塚が混乱したように、峰原もそれに関して当然のように複雑な思いを抱くに違いない。

「言う必要ないんじゃないか。それとも、キャンパスで友達と話すだけでも嫉妬《しっと》するわけ？　だとしたら、父さんは俺が想像していた男とは少しイメージが違うな。奔放だけど器が大きい人間だと思っていたから」

手塚の言葉を聞いて、ミチルは咄嗟《とっさ》に峰原を庇《かば》うつもりで言う。

「そ、そんなことないよ。あの人はすごく大人で寛容で、僕のこともいつだって縛っておくつもりはないって言ってくれている。年齢や立場のこともあると思うし、僕も先生にいつまでも甘えていられるとは思っていないから」

そこまで言ってから一旦言葉を止めて、慌てて自分の頭を整理する。今、自分は何か危ないことを言いかけてなかっただろうか。冷静に言葉を選んで自分たちの特殊な関係を説明し直そうと思うが、一度口から出た言葉はもう呑み込めない。

手塚は半ば諦めていた口調から、にわかにミチルのほうを見つめて真剣な表情でたずねる。

「もしかして、俺にも可能性はあるってこと？」

「あっ、い、いや、その、そういうことじゃなくて、先生と僕との関係は……」

峰原は、けっして手塚の抱く父親像を壊すような人間ではないと言いたいだけなのだ。それなのに、後ろめたさを抱いているせいかで説明の言葉が中途半端になっていた。そして、それを手塚は自分の都合のいいように解釈してしまう。

「よかった。俺にもまだ望みはあるってことだな」

自分自身を納得させるように、手塚は握った拳《こぶし》で自分の太腿《ふともも》を何度か叩《たた》き頷いている。

「じゃ、まずは友達としてよろしく」

「えっ、あっ、あの……」

答えに困っているミチルだったが、手塚は足元のバッグを手にして立ち上がるとにっこりと笑って手を差し出す。握手を求められているとわかり、拒《こば》むこともできずにおずおずと手を差し出した。

痛いくらいしっかりと手を握られたかと思った瞬間、急にその手を引かれた。ミチルは思わず立ち上がり、膝から本が落ちたのに気を取られていると、手塚の腕がミチル背中に回り抱き締められていた。

「あっ、あの、手塚くん……」

「カズユキだから。父さんは越野のことを名前で呼ぶんだろう？　俺も呼びたいけど、許してもらえるまで我慢するよ」

耳元でそう言うと、手塚はミチルの体を引き寄せたときと同じ素早さで自分の体を離した。そして、片手を上げて次の講義があるからとその場を去っていく。後ろ姿まで峰原に似ていて、ミチルは抱き寄せられた体に残る微かな温もりにまた戸惑いを覚えるのだった。

あの日からなし崩し的に手塚とのつき合いが始まった。あくまでも友人としてのことだが、メールアドレスや電話番号の交換をして、彼の言っていたように時間が合えば一緒にカフェテリアでランチを摂るようになった。

ミチルにしてみれば、大学生活四年目にして初めての経験だった。半ば強引に始まった関係だが、そのうち手塚のほうから愛想を尽かすだろうと内心では思っていた。

（これまでだって、みんなそうだったもの……）

気の利いた話題もないし、一緒にいても会話も続かない。好意を持って声をかけてきた誰もが、ミチルという人間の退屈さ、つまらなさにうんざりするのだ。

ところが、これまでミチルを誘ってきた連中とは違い、彼は一緒にいてもまったく退屈している様子がない。それどころか、ミチル自身が驚くほどに彼とは会話が続くのだ。理由は単純だった。彼は理系の人間なのに、歴史についてとても詳しい。それもそのはずで、自分の父親である峰原の著書を全部送ってもらって読んでいて、そこから興味が湧《わ》いたことは個人的にもずいぶんと勉強していたからだ。

当然ながらミチルも峰原の著書は全部暗記するほどに読んでいるので、歴史の話をしているかぎり話題が尽きることはなかった。

また、手塚は峰原の本の影響もあって、日本史に関しては東洋近代史が専門のミチルよりも詳しいところもあったりする。ときには手塚の話から教えられることもあって、彼の見解を聞いて質問しているうちに気がつけばごく自然に会話が続いているのだ。

「手塚くんの読書量はすごいね。正直、日本史では目から鱗なこともたくさんあって驚くよ」

「いや、さすがに歴史学科には叶わないけどな。でも、こんなに思いっきり歴史の話をするのは初めてだ。俺の周りはまったく歴史に興味を持たない理系バカばっかりだからな」

「理系とはいっても、手塚くんはさすがは峰原先生の息子さんだよね。それに、一緒にいると何気ない仕草とかがとても似ていてハッとするときが……」

その日も、一緒にランチを摂《と》りながら歴史談義に花を咲かせていたが、何気なく言いかけた言葉を慌てて呑み込む。夢中になって話していてつい峰原のことを口にしたが、それは少しばかりデリカシーに欠けると思ったのだ。気まずさにミチルが俯くと、その空気を察したように手塚がさりげなく話題を変える。

「越野はさ、どうして歴史が好きになったんだ？　大学で専門的にやろうと思うくらいだから、何か衝撃的なきっかけとかがあったわけ？」

「それはないよ。もともと内気で友達も少なかったし、本が友達みたいなところがあったから」

ミチルが歴史を好きになったのは本当にたわいもない理由だった。小学校の教室の学級文庫に、リタイアした校長が寄付した子ども向けの「日本の歴史」シリーズと「世界の歴史」シリーズの本があったのだ。友達のいないミチルはそれらを順番に読んでいくうちに、すっかり歴史好きになっていただけ。

子どもの頃はわかりやすい戦国時代の武将の話や、一見きらびやかな西洋の王族の話が面白かった。だが、中学高校になってくるとじょじょに歴史の暗部に興味が移っていき、最終的には大東亜戦争前後の東洋史にのめり込んでいった。近代化とともに世界全体が狂気に支配され、戦争という悪夢の中でうごめく人々の姿になぜか強く引きつけられたのだ。

近代における愚行の世界史および東洋史の悲惨さに学ぶものは多くある。だが、ミチルにとってそれは表向きの学問の理由であって、実際はその当時の人々が犯した愚行そのものと、その行為に突っ走っていった心理状態に興味があるのかもしれない。

長い歴史の流れの中でわずか百年ほどを振り返るだけの近代史において、人間がどこまで愚かで残酷な生き物になれるのかを検証することができる。その怒濤《どとう》の時代には、もみ消されたドス黒い真実がたくさん埋もれている。ミチルはそういう部分を開いて見てみたくて仕方がないのだ。

歴史が動いた真の理由を知りたいと思う気持ちと、人の弱さ醜さを歴史の中で確認したいという下世話な好奇心が自分の中に眠っていて、それがミチルの勉学への情熱となっているように思っていた。

けれど、それを言葉にして人に説明するのは難しい。峰原といてミチルが心地よくいられるのは、そういう部分まで彼が理解してくれているからだった。なぜなら、峰原もまた日本史を研究するとき、その時代背景とともに、普遍的な人の感情というものを分析しようと努めている。ミチルもまた同じ手法で近代史の謎《なぞ》を解読しようとしている。その謎を解いて出てきたものに、心を痛めるときもある。けれど、その痛みもまた歴史の欠片《かけら》なのだ。今を生きる誰かが拾い集めて、何かの形で残していくべきことだと思う。

ミチルが峰原のことを尊敬しているのは、まさにそれを成していることだ。大学で若者に日本史を教える傍ら、自分の研究した結果を本にまとめて形にして世の中に発表している。

手塚が言っていたように誰もが好きなことを仕事にできるわけでない。だが、峰原はそういう仕事に就けた幸運な人間で、同時にその責任をちゃんと果たしていると思う。

「父さんの著書を読んでいるとおもしろいんだ。歴史の新たな発見をするたびに、何より本人が楽しんでいるのがわかるから。そういう姿勢は見習いたいと思う。俺は電子工学をやっているけれど、たとえば回路解析とかやりながらでも楽しめると思うしさ」

「回路解析で？　僕には想像もできないけど……」

ミチルが呟くと、手塚が本気で「そうかな。おもしろいのに……」と不思議そうに呟き返す。文系と理系の違いをこういうときにはっきりと感じる。そして、顔を見合わせて笑ってしまうこともしばしばあって、そんなときは妙に照れくさい気持ちになり、ミチルのほうから視線を逸《そ》らしてしまう。

彼の容貌や立ち居振る舞いが峰原によく似ているだけでなく、こんなふうに歴史談義をして笑っていると奇妙な錯覚が起こる。それは、峰原と手塚が重なって見えるという意味ではなく、自分の気持ちが彼の前で緩んでしまっていることに驚くのだ。

これまでは学業とバイト、そして峰原と過ごす時間ばかりで埋められていた大学生活だった。それで不安も不満もなかったのに、今になって急に大学生らしい生活を送るようになったことがなんだか奇妙だった。

最初はキャンパスで会って話したり一緒にランチを摂ったりしているだけだったが、そのうちキャンパス以外の場所で会う機会も増えていった。

夏休暇に入ってからはミチルのバイトの休みの日に一緒に映画を見にいったり、峰原が忙しい週末は二人で近県の史跡を見に出かけたりした。

もちろん、峰原ともこの二年の間何度も彼の運転する車で遠出して、日本史の文献を現地調査するのにつき合ってきた。だが、手塚と出かけるときは車ではなくバイクで、タンデムしたのは初めての経験だった。

少し怖かったけれど、手塚の腰に手を回し背中にしっかりしがみついていると温かくて安心できた。真夏の風を切って走りながら、二人きりでどこまでも走っていく感覚はとても不思議なものだ。一体感と開放感を同時に味わいながら、ミチルはなんだかとても楽しかった。

峰原に抱かれるたび、自分の知らない父親という存在への思慕を彼に重ねている。けれど、手塚は違う。最初は峰原に似た容貌や雰囲気に親近感を覚えたのは事実だ。けれど、一緒に過ごす時間が増えるほどに手塚個人の個性がミチルに訴えかけてくるものがあって、それを無視することも拒むこともできない自分がいる。

海辺に出かけて砂浜で遊んだときも都内の公園でサッカーにつき合わされたときも、恥ずかしくて手塚には言えなかったが、初めての経験にミチルはずいぶんと興奮していたのだ。

また、出かけた先でも峰原と一緒のときと違い、ファストフード店や安っぽい定食屋に入って食事をするのがかえって新鮮だった。裕福な家で育っていても、手塚自身はまだ学生だからすぎた贅沢をすることもない。そんなところもつき合いやすさに繋がったと思う。

峰原は、夏休暇中には大学で教えているときよりも忙しくなる。彼は歴史研究者として著作物も多く、若くて語り口調もさわやかなこともあり、けっこう顔が売れている。そのせいで、テレビの歴史検証番組に出演したり、各地で講演を頼まれたりすることが多い。また、市や県の文化センターなどが主催する社会人向けの夏季特別講義も担当しているので、泊りがけで出かければ一週間以上会えないときもあった。

そのせいもあって手塚と出かけることが重なっていき、二人の仲は夏の終わりにはすっかり近しいものになっていた。そして、気がつけば二人は互いを名前で呼ぶほどに親しくなっていたのだ。

その日もミチルの塾のバイトの帰りに待ち合わせて一緒に食事をしたあと、手塚がミチルをアパートの前まで送ってきてくれた。それは何気ない会話だったが、やっぱり彼がミチルとは違うと思うような出来事があった。

「えっ、本当にここに住んでるの？　なんかイメージと違うな」

古びたアパートを見たとき、手塚は悪気もなくそう言った。ミチルが地方出身の苦学生であることはすでに話していた。けれど、ここまで困窮した生活をしているとは思っていなかったのだろう。

「安ければどんなところでもいいんだ。どうせ寝るだけの場所だからね」

ミチルは恥じるでもなく、峰原のときと同様にありのままの自分でそう告げた。峰原は通学に不便だろうと案じてくれたが、手塚は少し考えてからまるで違う質問をする。

「父さんは部屋に入ったことがあるのか？」

それはない。峰原のような人間を招くような部屋ではない。それと同時に、この部屋はミチルにとって誰にも偽らない自分でいられる場所なのだ。心が裸の自分は誰にも見せるつもりはない。

「そうか。でも、俺はいつか入りたいな」

「ボロアパートの部屋が珍しいから？」

「それもあるけど、そういう部屋にいるミチルも見てみたい。多分どんな場所にいてもきれいなんだろうな」

さすがにその言葉には噴《ふ》き出してしまった。ボロアパートへの無邪気な好奇心と、ミチルの容貌の褒め方があまりにもおかしかったのだ。すると、笑ったミチルを見て、手塚もまた笑う。そして、バイクのグローブを取った手でミチルの頬をそっと撫でて言う。

「また一緒にどこか行こうな」

峰原と同じように長身だが、手塚のほうが少し体格がいいかもしれない。若さもあってたくましさが漲《みなぎ》っていて、父親とはまた違う色気がある。峰原と同様に男でも女性でも彼に心奪われる人は大勢いるだろう。なのに、よりにもよってミチルを好きだと言い、こうしてボロアパートの前でも甘い言葉を口にするのだ。

自分の懐にスルリと入ってきた手塚の存在が、ミチルをくすぐったい気分にさせる。でも、それが峰原に対する裏切りのように思えてしまうから、これは恋愛ではないとちゃんと意識しているつもりだった。

やがて夏休暇も終わる頃、その月の最後の週末に峰原に会ったときのことだった。

「なんだか楽しそうだね。夏前までは少し塞《ふさ》ぎ込んでいるみたいで心配していたけれど、夏休暇の間に何がいいことがあったのかな？」

久しぶりに二人で出かけ、都内の博物館で開催されている「日本国宝大神社展覧会」を見てきた帰りのことだった。峰原のお気に入りのフレンチビストロで食事をしながら、いきなりそんなふうに訊かれてミチルがハッとして彼を見た。

その瞬間、目の前の峰原と手塚の顔がオーバーラップして、焦ったように小さく首を横に振る。

「そ、そんなことはないです。今日の展覧会が素晴しかったので、いろいろ思い出していて……」

などとごまかしの言葉を口にしたものの、浮かれている自分に気づかれたことが気まずかった。なぜ浮かれているかといえば、それは手塚の存在があるからだ。けっして恋愛感情ではないと思う。けれど、彼は大学生活で初めてできた友人で、これまでそういう相手に巡り会うことのなかったミチルには充分にくすぐったい存在だった。

食事を終えて峰原のマンションへ行き、いつものように抱き合ったあとは満たされ包まれて、安堵の中で眠りに落ちていく。

「ミチル、君が好きだよ。とても大切に思っている。だから、もうしばらくはわたしだけのものでいてほしいんだ」

まどろむミチルの耳元で峰原が囁《ささや》く。もちろんだと答えるつもりだったのに、睡魔に引きずられてちゃんと声が出なかった。

手塚はいい友人だ。自分なんかにはもったいないくらいだと思っている。話題が豊富で独特のユーモアもあり、話せば頭のよさがすぐにわかる。それだけでなく、人として優しいこともそばにいればちゃんと伝わってくる。

そんな彼だから、大学でも友人が多くいつも人の輪の中にいる。それなのに、その輪を抜けてまでミチルとの時間を持とうとしてくれる。手塚と一緒にいれば、日に日に彼の魅力を教えられる。一緒に過ごす時間が増えれば増えるほどに、少しずつ彼に心を許している自分がいる。

彼が峰原の息子であることを思い出すたび、運命の皮肉を感じてしまう。けれど、彼が峰原の息子でなければ気楽に恋愛関係になれたかといえば、それもできなかったと思うのだ。

やっぱりミチルにとって峰原は特別な存在で、この人のそば以上に自分が安堵できる場所はない。彼から離れるのを怯《おび》えている臆病な自分に苦笑を漏らしながらも、その笑みも睡魔に引きずり込まれ、やがては闇《やみ》の中に落ちて消えてしまうのだった。

◆◆

愛されることにいつも不安を感じていた。その不確かな人の気持ちを、どうやって理解したらいいのかわからない。父親がいない家で母親の手によって育てられたミチルにとって、一番身近な愛情が充分でなかったことは確かで、それゆえに、人が人であるためにとても大切な「愛情」というものが、ミチルにはときに見えなくなってしまうのだ。

生まれ育った環境が今の自分を形成している。それだけは間違いない。ミチルの心に潜むあらゆる願望は、すべてあの土地にいたときに出来上がったものなのだ。

ミチルが生まれ育ったのは、東京から新幹線と在来線を乗り継いで数時間の地方都市だ。母子家庭に生まれ育ったために経済的な余裕はなかったものの、母親が小さなスナックを経営しており食べていくのに困るほどの生活ではなかった。ただ、子どもの教育環境としてはけっして感心されない状況で育ったことは否めない。

スナックには出入りしないよう言われていたものの、小学校に上がる頃にはちょくちょくそこへ顔を出すようになっていた。幼い頃は単純に母親のそばにいたいという気持ちから、何かと理由を見つけてはアパートの部屋から歩いて十五分ほどの店に顔を出した。

だが、いつ頃からか店にやってくる客たちがミチルにかまうようになって、そこで夕飯を食べたり宿題をしたりして過ごす夜も少なくなかった。夜の店に子どもが出入りできていたのは、地方都市であったこともあるが、そういうことに寛容な時代でもあったのだ。

スナックにやってくる客はほとんどが男性だ。彼らの誰もがミチルに優しくしてくれたが、それはこんな環境で育っている子どもに同情していただけだ。あるいは、ミチルに優しくすることで、美人の母親に取り入りたかっただけだろう。ところが、わずかだったがミチルのことが本当に気に入っていて店に通ってくる男もいたようだ。

子ども心にそんな客のことはなんとなくわかっていた。だからといって、警戒心を抱くほどのこともない。店にいるかぎりは母親がそばにいたということもある。それと同時に、ミチルにとって店の客は誰もが父親や祖父のような年齢の男たちばかりで、彼らがパチンコの景品でもらってきた菓子などをくれると嬉しかったし、誰もが「優しい大人の男の人」に映っていたのだ。けれど、現実には優しい人ばかりでもなかった。

ある夜、店を閉めてから後片付けをしている母親に言われて、一足先にアパートの部屋に戻ろうとしていたときのことだった。深夜とはいえ、子どもの足でも歩いて十五分ほどの距離だ。それもよく知っている道で、商店街の明かりは一晩中灯《とも》っているから何も怖いことはなかった。

ところが、宿題の入った鞄《かばん》を背負いアパートへの道を急いでいたとき、電柱のそばから男が出てきてミチルに声をかけた。咄嗟のことに小さな声を上げたが、それが母親の店の常連客の一人だと気づきすぐに胸を撫で下ろした。

その男はそばまでくると家まで送ってあげると言って、近くに停めていた車にミチルを連れていき助手席に乗せた。このときでもまだ、ミチルは何も疑う気持ちはなかった。ところが、男は車を発進させることなく、なぜか助手席に座っていたミチルの膝を撫で回してきたのだ。

彼は普段から子ども好きを自称していて、百点のテストを見せると「偉いね。いい子だね」と頭を撫でてくれたので、このときもそういうことだろうと思った。だが、様子が少しばかりおかしいと気づいたのは、彼の息がだんだん荒くなっていき助手席のミチルに覆い被さってきたときだった。

これは何か違う。まだ十歳になるかならないかのミチルだったが、そう思った途端に自分を抱き締めて体を撫で回している男が怖くなった。膝を撫でていた手が太腿から股間へと上がってきそうな予感がして、ミチルが体を震わせていたときだった。

車の窓ガラスを拳でガンガンと叩く母親の姿が目に入って、ミチルは咄嗟にワァワァと声を上げて泣き出した。とりあえず、今はそうしなければならないと自分の中の何かが言っていたのだ。

客の犯罪行為に激怒した母親の手に引っ張られ、車から引きずり降ろされたミチルはすぐさま彼女の腰にしがみついた。

そんなミチルをさらに強く引き寄せると、母親は車の中の常連客にものすごい悪態をついたあげく、「二度と店にくるな」と怒鳴っていた。今度ミチルに近寄ったら警察に通報すると言われ、男は「そんなつもりじゃなかった」などと言い訳をしながら車で去っていった。

実際、その客は二度と母親の店にやってくることはなかったので、警察に通報することもなくそれっきりになった。だが、この男の件がミチルにとってトラウマになるほどの恐怖だったかといえば、実はそれほどでもなかった。母親には話していないだけで、これまでも学校帰りに同じような目に遭ったことは何度かあったからだ。

住んでいたのは地方都市で、中でもけっして裕福な人たちが暮らすエリアではなかった。そんなところの子どもを金銭目的で誘拐《ゆうかい》する者などいない。ミチルに声をかけ車に連れ込んだり、神社の境内の裏などに連れていった連中の目的はもれなく悪戯《いたずら》だった。

そんな連中に何度も連れられていきながら、命を落とすこともなく無事に帰宅していたのは運がよかったのだと今にして思う。一歩間違えば自分は変質者にくびり殺され、新聞の三面にひっそり記事が載っていても不思議ではなかったのだ。

そんな生《お》い立《た》ちは今となっては思い出したくもない過去だが、それらが今の自分を作り上げたことも間違いない。ミチルが大人の男に連れられていくとき、そこには恐怖や不安とは裏腹の心地よさがあった。

父親の存在がないまま育ってきたミチルにとって、店の客であろうと道端で声をかけてくる人間であろうと、自分に優しくしてくれる大人の男の人というだけで警戒心は緩んでしまう。父親がいたらどんな生活を送っていたかというのは想像できなかったが、それでもぼんやりとした感覚で父親への憧《あこが》れが常にミチルの中にはあったのだ。

そんなミチルの性的指向が同性愛に傾いていったのは、ほとんど必然といってもいいだろう。だが、そこには母親の影響も多分にあったと思う。

シングルマザーとしてミチルを産んだ彼女は、その後も恋多き女だった。男がいなければ寂しくて死んでしまうとでもいうようにいつでも誰かと恋仲でいて、たいていその相手は店の客だったが、ときにはミチルの学校関係者の場合もあった。

中学の担任の教師や高校の同級生の父親など不倫のことも多々あって、ミチルにしてみれば内心勘弁してほしいと思っていた。町でろくでもない噂を立てられれば、ミチルも学校で遠巻きにされて白い目で見られる。だが、母親にそれを忠告したところでどうしようもない。母親はそういう女性なのだと納得すると同時に、ミチルは母親ばかりか女性という存在にある種の嫌悪を抱くようになった。

普通に接しているならどうということもないが、同級生や知り合った女性から恋愛的なものを匂わされると途端に及び腰になる。それればかりか、嫌悪感が込み上げてきてとてもじゃないが手を握ったり、それ以上の行為などできるわけもなかった。

だからといって、男の人と簡単に恋愛関係になれるわけでもなかった。子どもの頃には大人の男の人に懐くことに抵抗はなかったが、高校生にもなれば自分の体の変化や性的な欲望についてもはっきりと意識するようになった。

それでなくても、母親の身持ちの悪さについて狭い世間で陰口を叩かれている。そのうえ自分が男とどうにかなったという噂など流れたらと思うと、けっして奔放な真似はできなかった。

だから、東京の大学への進学はミチルにとって大きな希望であるとともに、閉塞的な故郷からの解放でもあったのだ。

(母さんから逃げたかったんだ……)

産んで育ててくれた彼女に対して申し訳ない気持ちもあるが、母親と一緒にいるとミチルは心が潰れそうになっていた。恋愛していなければ息もできないというように、いつも男との関係に溺れている。それで幸せになっているならいいのだけれど、彼女の恋愛はいつも刹那的なのだ。

あんな恋愛はできないし、したくない。同性愛者であっても恋愛に溺れるような自分ではありたくないし、峰原との関係についてもそう思っている部分はある。だから、彼から経済的な支援を受けていることは、後ろめたさを感じると同時に、これが純粋な恋愛でないと自分を納得させる理由にもなっているのだ。純粋な恋愛でないのだから、別れることになっても嘆き悲しむことはないのだと。

そして、手塚との関係は恋愛に踏み込むこともない。彼が自分に何を求めているかわかっていても、それに応えることはできない。峰原はミチルに自由に恋愛もすればいいと言ってくれるが、他の誰かならまだしも峰原の実の息子とそういう関係になるということが考えられない。

十数年も会っていないし籍も抜けているとはいえ、実父であることは事実だ。父親と関係を持ちながら、息子と恋愛をするということはいくらミチルでも不道徳に思えるからだ。

やがて手塚と多くの時間を過ごした夏休暇も終わって大学が始まり、峰原も教鞭を取る落ち着いた生活に戻っている。ミチルもまた彼の部屋に呼ばれて一緒に夜を過ごすようになっていた。

「卒論のほうはどう？　かなりまとまってきたかな？」

今夜は二人で一緒にシャワーを浴びて、ベッドに行く前にリビングで今月分の金の入った封筒を受け取っていた。それを自分のデイパックに入れてミチルは峰原に礼を言う。

「この間いただいた資料はすごく役立ちました。いつもありがとうございます」

峰原からは学費と生活費の足しにするために月々決まった金額をもらっているが、それ以外にも必要な書物や資料を購入しなければならないときは別に援助してくれている。いまどきはインターネットでかなりの資料は集められる。けれど、どうしても書籍でなければ得られない知識や写真資料などもある。それらの購入費用もかなりかさむので、峰原の援助は本当に有り難い。

感謝の気持ちはこの体だけでは返せるものではないと思っている。だから、せめてその援助に恥じないような論文を仕上げて、四年間の集大成として自分でも研究に区切りをつけたい。そして、卒業後は市井《しせい》の研究家の一人として、勉強は続けていくつもりだ。

「なんだかもったいないね。君のように熱心な学生にはぜひ研究を続けてもらいたいんだけどな」

「そうできればいいんですけど、難しいことはわかっていますから。それに、勉強はどこにいてもできると思っています」

「歴史好きの若者は多いのに、なかなか研究者にはなってくれない。この世界も高齢化が進むばかりで、いつまでたってもわたしが若手扱いというのは問題だよ」

「実際先生はお若いですから。それに、若い連中とできるだけ話して、頭が固くならないようにしているといつも言っているじゃないですか」

「それと、学会でみそっかす扱いされるのとは話が別だ」

いい大人がわざと拗《す》ねたような素振りをして見せるのがおかしくて、ミチルは思わず小さく笑う。本当に五十を前にしてもチャーミングな男だと思う。きっと手塚も歳を取ればこんなふうに魅力的な大人の男になるのだろう。

そのとき、ミチルの手を引きベッドへ誘《いざな》う峰原がふと足を止めてこちらを見つめる。

「あ、あの、何か……？」

どこか怪訝な峰原の表情にドキッとする。それはたった今手塚のことを考えていたから。彼のことはまだ峰原には話していない。何度か打ち明けようとしたもののできないでいるのは、結局保身ゆえのずるさだろうか。自分でもよくわからないのだ。

「やっぱり夏から少し君が変わったような気がするんだ。なんだろうな。この間も感じたんだが、なんだか雰囲気が柔らかい」

「そんなこと……」

ないと言う前に峰原はミチルを寝室に連れていきベッドに並んで座らせると、手のひらでそっと頬を撫でてくる。このとき内心ギクッとしたのは、つい先日手塚と出かけた日の別れ際に、彼の手でやっぱり頬を撫でられたことを思い出したから。

「先生、あの、僕は……」

打ち明けてしまおうか。一瞬そう心が迷った。でも、やっぱり唇を噛み締めて言葉を呑み込んだ。

手塚とはあくまでも友人としてつき合っている。それ以上の関係にはなっていないし、なるつもりもない。峰原も自由に恋愛をしていいと言ってくれているが、彼の息子が相手だと知れば複雑な心境になるだろう。

すでに九月に入り、大学で手塚と顔を合わせるのもあと数ヶ月だ。そして、峰原との関係も卒業とともにおそらく終わりがくるだろう。

経済的支援の必要がなくなって、純粋な恋愛感情だけでこの関係が続けられる自信がない。それは、ミチルが峰原との関係を断ちたいからではなく、峰原のほうが自立したミチルをそばに置いておく意味がないだろうから。

彼はさっきも学会の体質に不満をこぼしていたように、若い研究者を育てたいと願っている。ミチルはたまたま学業に熱心だったから支援のしがいがあったのだろう。

ミチルが卒業して研究から事実上離れればもはや支援の意味もなくなるし、恋愛を楽しむだけなら峰原に相応《ふさわ》しい相手はいくらでもいると思う。

だったらあと数ヶ月の間、峰原との関係はそのままに手塚とはあくまでも友人としてつき合い、その事実については口を閉ざしておけばいい。そうすれば双方を無駄に混乱させないでいられる。

そんなミチルの胸の内を知らず、峰原は今夜もこの体を抱き締めてくれる。この温もりの中で安堵とともに快感に溺れていられるのもそう長くはない。

「ミチル、おいで」

峰原に体を抱き寄せられて、優しい口づけを受ける。互いの舌を絡ませているうちにどんどんと淫らな気持ちが込み上げてくる。けれど、少し奇妙だ。いつもの峰原にはこんな性急さはない。啄ばむような口づけから始まって少しずつ激しさを増していく愛撫が、今夜は一気にミチルの体を中心に触れてきて何かを確かめるようにまさぐってくる。

「せ、先生……、ちょっと待って……っ」

「どうしたの？　今夜はその気にならない？」

「そうじゃないです。でも、ちょっと……」

いつもとは違うやり方でミチルは焦っていた。もちろん、峰原もそれはわかっているはずだ。だが、激しい愛撫の手を止めようとはしない。それどころか、不安から突っぱねてしまいそうになるミチルの両手をいつかのようにバスローブの紐で縛ってしまう。

「先生、どうして……？」

どうして今夜はこんなやり方をするのだろう。わけがわからないミチルが少し怯えた声でたずねると、峰原は頬を緩めて宥《なだ》めるように言う。

「ミチルこそ、何を怯えているんだい？　両手を縛るくらい、前にもやったことがあるだろう。わたしの好きなやり方で抱いてほしいとねだったのも君だよ。どういうやり方でもちゃんと感じさせてあげるよ。それとも、本当はわたしのやり方が好きじゃないとでも？」

笑顔でたずねているが、峰原の目がいつもと違う気がする。何かを疑っているように、ミチルの態度や言葉を探っているのがわかる。

「そ、そんなことないです。僕は先生が好きだから、先生の好きなようにしてほしいけど……」

「だったら、いいんだね。ミチルのいやらしい姿が見たいんだよ。わたしの前で思いっきり乱れる姿をね。今夜はなんだかそういう気分なんだ」

「でも、怖いんです……。あまり恥ずかしいことはしないで」

二年あまり抱かれてきたとはいえ、峰原の相手としてミチルはまだまだ未熟で子どもだ。彼の手によって乱されていく自分が、どこまでその羞恥に耐えられるか不安で仕方がなかった。

「大丈夫だよ。君の体は充分に淫らだから、何をしてもきっといい声で啼《な》くだろう」

今夜の峰原はやっぱりいつもとは違う。ミチルの変化に何か不愉快なものを感じているのだろうか。けれど、恋愛をしたければすればいいと言っていたのは峰原本人だ。それに、相手が手塚だということも知らないはずだし、それ以前に手塚とは恋愛関係ではない。責められるのはおかしいとは思っていても、それを強く主張する権利も立場もミチルにはないも同然なのだ。

「今夜は君をどうやって啼かせようか。怯えることはないよ。傷つけたりはしない。わかっているだろう。わたしは君のことが好きなんだよ。君がまだわたしのものだと確かめたいだけだ」

「僕は先生の……」

言いかけた言葉は彼の唇で塞がれた。縛られた両手を頭の上に持ち上げられ、この間のようにベッドヘッドに括りつけられると思った。だが、そうではなかった。深く濃厚な口づけのあと、峰原はミチルの体をうつ伏せてから両手をベッドヘッドに括りつけたのだ。

股間を晒《さら》さずにすむと思って安堵したのもつかの間だった。峰原はミチルに膝を折って腰を持ち上げるように言いつけた。

「えっ、で、でも、そんな格好は……」

「恥ずかしいだろう。でも、それがいいんだ。あられもない格好を見せてごらん。わたしの前でだけ、どこまでも淫らでいやらしくなればいい」

そう言った峰原は、ミチルに突き上げるように腰を持ち上げさせてそこを割り開く。

「何もかもよく見える。ほら、前もこんなになっているよ。見られて興奮しているんだろう。ミチルは縛られるのも、いやらしい姿を見られるのも好きなんだね。ほら、感じているならもっと声を出してごらん」

「ひぁぅ……っ、せ、先生っ。あくぅ……っ。んぁ、んっんっ……っ」

本当に声が出てしまったのは、峰原が割り開いたそこの窄まりに彼の舌を押しつけてきたからだ。こんなことをされたのは初めてだった。さらには股間から前に差し込んできた手でミチルの勃起したものを擦《こす》り上げ、先端から滴《したた》るものを知らしめるように指の腹でそれを撫で広げる。

「ううっ、あぅ……っ、んあ……っ」

「気持ちいいだろう。ますます溢れてくるのがわかる。本当に淫らな体をしているね。これじゃわたしの舌や指では足りないだろう」

舌で濡らされた窄まりには指も押し込まれていて、いつもよりも早くそこが解《ほぐ》れている。これでいつものように峰原自身がミチルの中に入ってくると思っていた。もちろん、その快感を望んでいる。抱かれればどんな羞恥も快感が陵駕《りょうが》してくれるはず。

けれど、その夜はそんなに簡単に峰原自身をもらえなかった。峰原が一度ベッドを下りてミチルもたまらず腰を落としたが、すぐに戻ってきた彼の手には何かが握られていた。それが男性器を模したものだとわかり、ミチルは思わず息を呑む。

「さぁ、もう一度腰を上げてごらん」

逆らうことはできなかった。いつだって彼の望むやり方で愛してほしいと言ってきたミチルだから、従うことしかできない。今夜は峰原がそうしたいというのなら、ミチルは黙ってこの体を開くだけだ。

さっきと同じように腰を持ち上げ、淫らな格好でそこを峰原に晒す。すっかり濡れている窄まりに、黒光りしたものが押し当てられる。

「かなり古いものでね、地方の学会に出かけたとき地元の骨董屋《こっとうや》で見つけたんだよ。水牛の角でできていて、今ではなかなか貴重な品だ。けっこうふっかけられてしまったが、ミチルを楽しませてあげるのにはいいかなと思って買ってきた」

そんな説明とともに、体の中にそれがゆっくりと押し込まれる。硬くてひんやりとしたものが、潤滑剤の滑りでどんどん奥へと押し込まれていく。何度か抜き差しが繰り返されて、ミチルはたまらず啼き声をあげた。

「ああ……っ、うく……っ、駄目っ、こ、これは……。んんぁ……っ」

かなり深いところまで押し込むと、峰原は満足したように少し離れたところからミチルの姿を眺めて言う。

「なかなか扇情的でいい眺めだ。しばらくそのままでいてごらん」

「えっ、そ、そんな……」

だが、峰原は焦るミチルをベッドに残し、自分はローブを羽織って部屋を出ていきキッチンからミネラルウォーターのボトルを片手に戻ってくる。その間もミチルは腰を落とすこともできないままだ。中に埋め込まれた大きく硬いものが、圧迫される内壁にじくじくと生殺しのような快感を与えてくる。

いっそ激しくそれを動かしていかせてほしい。そう思っていても恥ずかしくて口にはできない。けれど、体はどんどんもどかしくなっていき、ついには耐え切れなくなって自ら腰を揺らめかす。どんなに淫らであさましい姿かなんて、もう考える余裕がない。そこが疼《うず》いてどうしようもない。果ててしまいたいのに、縛られたままの手では前にも触《さわ》れず、ミチルはたまらず峰原に懇願する。

「先生っ。駄目っ、もう、もう……、いきたいっ。いかせて……っ」

せめて前を擦ってほしい。そうでなければ後ろを思いっきり突いてほしい。今にも淫らな言葉を口にしてしまいそうになっていたとき、ミチルの腰の揺れと窄まりの収縮でかなり奥まで埋め込まれていた水牛の角がそこから押し出されるようにしてベッドにこぼれ落ちた。

「おやおや、よく似合っていたのに吐き出してしまうなんて、ずいぶんとわがままな窄まりだな」

「先生っ、お願いっ。もう、先生が、先生がきてっ。お願い、先生を入れて……っ」

なりふりなど構っていられなかった。とにかく、そこに熱く硬いものがほしい。いくら硬く大きくても、人の温もりのないものではいやなのだ。それをミチルが嗚咽《おえつ》交じりに訴える。

腰を振ってねだるミチルの白い尻を撫で回し、峰原はゆっくりとベッドに上がってきて背後から覆い被さってきた。今度こそ彼自身をそこにもらえるとわかって、ミチルが大きな溜息とともに体を弛緩《しかん》させると、すぐに馴染みのある温かい塊が入ってくるのがわかった。

「ああっ、いい……っ。先生……っ」

「ミチル。わたしのものだろう。君はまだわたしのそばを離れるんじゃないよ。いつかは自由にしてあげなければならないと思っている。けれど、まだ駄目だ。今はまだ離したくない……っ」

ミチルだって今はまだ峰原のそばを離れるつもりなどないし、そんなことは望んでいない。けれど、なぜか今夜の彼はいつもと違う。そして、ミチル自身もこれまでの自分と少し違う。

（なぜ……？）

束縛はしないと言っていた峰原と、もっと束縛されたくてもそれを求めることができない自分だったはず。なのに、二人の心が微妙に入れ違ってきているようで、峰原の腕の中にいながらミチルは言葉にならない不安に震えるのだった。

その夜も峰原の部屋に泊まっていくつもりだった。ところが、明日提出しなければならないレポートをアパートの部屋に忘れてきてしまったことに気がついた。終電もまだあるのでアパートに戻るというと、峰原が夜も遅くて心配だから車で送ってくれるという。

男だから深夜の一人歩きでも平気だといっても、こういうときの峰原は心配性の父親のようになる。ミチル自身、自分が男であってもあまりにも非力なことはわかっているから苦笑とともに甘えることにした。

それに、今夜は少しばかりいつもと違っている。峰原は赤信号で車を停めるたび助手席のミチルのことを見て、体の具合を案じてくれる。

「無理をさせてしまって悪かったと思っているよ。でも、ミチルが可愛くてね。つい大人げなく夢中になってしまった」

「いえ、いいんです。あれくらい平気ですから」

本当はそうでもなかった。以前に縛られたときはそれほど怖くなかった。けれど、今回はちょっと違った。セックスのときいつも優しい彼だが、ときには少しばかり過激なことをしてミチルを動揺させて楽しんでいるところがある。大人には大人の求める刺激があるのだろうと思うし、そんな彼とのセックスも嫌いではなかった。

ミチルを傷つけることはないとわかっているから安心して身をまかせていたのだが、今夜みたいに道具を使われたのは初めてで本当に驚いた。ああいうものでも感じてしまい、淫らな姿で峰原を求めた自分を思い出すと、なんともいえない気持ちになる。欲望に弱い体だとあらためて知らしめられたようで少し不安になるのは、母親のことを思い出すから。

ミチルが小学生の頃だった。まだ狭い二間続きの部屋だけのアパートに暮らしていて、その夜も母親が男を部屋に連れてきて抱き合っていた。すでに眠っていたミチルが物音に目を覚まし、襖の隙間から見たのは淫らに男に絡みつく母親の白い裸体と、それを乱暴なくらい激しく突き上げていた男の姿だった。

何か淫らな言葉を口走り、何度も男をほしがる母親の姿に今夜の自分は似ていなかっただろうか。やっぱり、自分も母親と同じ性を背負っているのかもしれない。そんなことを思うと、峰原の気遣いの言葉を聞きながらも少し心が塞ぐのだ。

そんなミチルを見て峰原はまた案じ、ハンドルを持つ片手を離してそっと膝を撫でてくれる。

「近頃はなんだか君が遠くへ行ってしまいそうで、柄にもなく寂しい気がしてね」

「そんなことはないです。僕は先生といるときが一番落ち着くんです。勝手な思い込みで先生には迷惑かもしれませんが、唯一の身内の母よりも先生のことを身近に感じているから」

「お母様はまだ地元にいるんだよね？　まだお若いとはいえ、一人で大丈夫なのかな？」

「それなりに支えてくれる人もいるはずですから」

峰原には自分の出生や唯一の家族である母親のことは話しているが、地元についてあまり詳しいことは言っていない。大学に進学してからというもの帰省したのは二回だけで、就職すればもっと疎遠になっていくような気もしていた。

もちろん、一人息子として老いていく母親の面倒はみるべきだと思う。けれど、まだ四十半ばの彼女には、息子よりもそばにいて愛してくれる男の存在のほうが大事なのだ。

深夜で道が空いていたため、峰原のマンションから三十分ほどでミチルの住んでいる下町の安アパートの前に着いた。送ってくれたときはいつもそうするように、今夜も峰原はミチルの部屋のすぐ前まで一緒にきてくれる。

周囲の家々は窓から漏れる明かりもなく、すっかり寝静まっているようだった。ときおり少し先の幹線道路を走る車の音が暗い路地に響いてきて、少し冷たさを含んだ秋の空気を震わせていく。

「ありがとうございました。気をつけて帰ってくださいね」

ミチルが言うと峰原が笑って頷く。だが、すぐにその場を去ろうとはしなかった。まだ何か話すことがあるのだろうかと思って彼の顔を見つめていると、峰原の両手がミチルを抱き寄せる。

「せ、先生、ここじゃ……」

いくら深夜近くで人通りがなくても、遅くに帰宅する人がこの道を通ることもある。だが、峰原はミチルの体を離すどころかさらに強く抱き締めてきた。やっぱりいつもの峰原と違うようで、ミチルはすっかり戸惑っていた。今夜の抱き方も彼らしくない気がしたし、なぜ人目に触れるかもしれない場所でこんな真似をしているのだろう。

「先生、あの……」

「ミチル、君が愛しいんだ。どうしたらいいんだろうな。君を縛るつもりはなかったのに、君がわたしの手を離れていくことを考えると、ひどく胸が痛む。君を失いたくないと思っている。君を誰のものにもしたくない……」

思いがけない峰原の告白とともに、今度は彼の唇が重なってくる。まるで彼の部屋にいるときのように大胆に抱き寄せられ、深く口腔へと舌を差し込まれて、その口づけに捕らわれたミチルは身動きもできなくなる。

（どういうこと？　先生は僕をどうしたいんだろう……？）

峰原の真意がわからず困惑していたミチルだが、そのとき遠くからこちらに近づいてくるバイクの音がした。アパートの前の道を通り過ぎていくのかと思ったが、そのモーター音がだんだん小さくなっていきすぐそばで停止したのがわかった。

近隣の住人か、誰かを訪ねてきた人かもしれない。こちらに向かって歩いてきて、峰原とのこんな姿を見られたらやっぱり困る。近所づき合いなどしていないが、それでも噂や陰口を言われるような真似は避けておくほうが賢明だと思っていた。

だが、峰原の体を強く突っぱねることもできず、よしんばそうしたところで力は彼のほうが強い。ミチルのほうが若くても体格的に差があるし、ジムに通って鍛えている彼の筋肉は充分にたくましい。

バイクを降りた誰かがアスファルトを歩く低い靴音が近づいてきて、ますますミチルは焦る。いつもなら、彼なりのちょっとした悪戯だろうと苦笑を漏らすこともできるが、今夜はどうもそういう雰囲気でもない。

一瞬唇が離れてミチルが顔を背けたが、顎をつかまれさらに激しく唇が重なってきたときだった。近づいてきた足音がアパートの建物の角を曲がるのがわかり、目の端に黒い影が現れた。ミチルが焦って峰原の腕の中でもがくと同時に名前が呼ばれた。

「ミチル……？」

その瞬間、ぎょっとしたのはミチルばかりではなかった。ゆっくりとミチルの唇から自分の唇を引き離した峰原が怪訝そうに声のしたほうを見る。すぐ先で呆然《ぼうぜん》と立っていたのは手塚だった。

「どうして……？」

思わずミチルが呟いたのは、なぜ彼がこんな時間にここにいるのかその理由がわからなかったから。ただ、とんでもないところを見られてしまい、どうしたらいいのかわからず言葉も出てこない。

すると、手塚は自分のバックパックからクリアファイルに入ったレポートを取り出し、ミチルのほうへ差し出す。

「あ、あの、これ、間違って持って帰ってしまったから。明日提出だって言っていたし、なかったら困るだろうと思って……」

それは、ミチルの書いた中国近代史のレポートで、昨日手塚と映画を見る前に一緒に食事をしたとき彼に見せていたものだ。二人で夢中になって近代史の話をしていたら映画の時間

が近づき、慌ててレポートを片付けたので、そのうちの一枚が手塚の荷物に紛れ込んでいたらしい。

理由がわかってもまだ呆然と見つめ合う二人だったが、そのときようやく峰原が口を開いた。

「もしかして、一行か？」

手塚は少し息を呑んだ様子で、こちらを凝視している。もちろん、ミチルと一緒にいるのが峰原だとすぐに気づいたはずだ。だが、十五年も会っていなかったので、峰原のほうが息子の一行だと気づくとは思っていなかったのかもしれない。

「どうしておまえがミチルと……？」

さすがに峰原も驚いたようで、この状況の説明を求めるようにミチルを見る。

「あ、あの、彼は友人で……」

「今は友人だけど、そのうち友人以上になるつもりなんだけどね」

ミチルの言葉の途中で、手塚が言葉を挟んだ。その瞬間、峰原はすべてを理解したように頷いた。

「なるほど、そうか。そういうことか……」

そう呟きながらも峰原の手はミチルの肩に回ったままで、手塚はじっとこちらを見つめているばかり。手塚の目は十五年ぶりに再会した父を映しているのだろうか。それとも、困惑して言葉を失っているミチルを映しているのだろうか。息の詰まりそうなこの瞬間、ミチルは一人心の中で声にならない悲鳴を漏らしていた。

◆◆

峰原は、別れた妻や一人息子が幸せでいればいいといつも気にかけていた。息子の手塚もまた、会えないでいても父親のことを尊敬していたし、著書を受け取るたび自分を忘れずにいてくれると喜んでいた。そんな二人は本来なら再会を喜び合う関係だったはず。

（なのに、僕がいたばっかりに……）

それを思うと、ミチルの気持ちはひどく落ち込んでいた。翌日はキャンパスで手塚に会わないようにしていたのは、彼とどういう話をしたらいいのかわからなかったから。

映画の前に食事をしたときに、彼にねだられるようにして中国近代史のレポートを見せた。峰原以外で提出前のレポートを誰かに見せることなどなかった。けれど、歴史に詳しい手塚ならいいと思ったのだ。案の定、彼はとても興味深そうにそれを読んで、それから二人でいつものように歴史談義が始まってしまった。

峰原と話すときとは違う。手塚とはほぼ同じ視線で、そういう対等感がとても楽しかった。それに、近頃では彼が自分を「ミチル」と呼ぶのが好きだった。

自分の名前を呼び捨てにするのは、母親以外では峰原しかいなかった。でも手塚もまた峰原と同じように、親しみを込めて自分の名前を呼んでくれる。そして、彼のことも「カズユキ」と呼ぶと、自分たちが心を許し合っているような気持ちになった。

それなのに、予期せぬ状況に何も言えず、ミチルは自分のずるさをあらためて認識した。

本当なら、彼らはあんなふうに再会するべきではなかったはず。二人はもっと健全に互いを思う気持ちを伝え合うべきだった。長い年月を互いを思いながら会えずにいた二人だからこそ、再会は愛情の確認で始まるべきだったのだ。

峰原には言葉では語り尽くせないほど世話になってきた。支えてもらい金銭的援助も受けて、彼がいなければミチルは大学生活を四年で終えることもできなかっただろう。

また、その大学生活で、手塚はミチルに初めて友人というものの存在を教えてくれた。大学生活で初めてというより、子どもの頃から遊ぶ相手のいなかったミチルにとって生まれて初めての友達といってもいいかもしれない。

峰原との関係があるかぎり自分は誰のものにもなれないし、なるつもりもなかった。いくら峰原が自由に恋愛をしてもいいと言ってくれても、経済的援助を受けながら他の誰かと気ままに恋愛をして大学生活を送ることはどうしてもできなかった。

それなのに、手塚が現れてからミチルの心は確かに揺らいでいたのだ。自分できつく律していないと、心が彼に引きずられてしまいそうになっていた。

あのとき、手塚が再会したばかりの父親に向かって、はっきりと自分のミチルに対する思いを口にした。峰原はそれをどんな気持ちで聞いたのだろう。

こんなことになるなら、最初から峰原にすべてを話しておくべきだった。そう思ってもすべていまさらだ。その日は大学で手塚と顔を合わせることはなかったものの、峰原からの呼び出しがあった。

もちろん、彼にはきちんと説明しなければならない。けれど、峰原のマンションに向かう足がこんなに重かったことはなかった。

秋風に吹かれた落ち葉が足元に絡みつき、まるでミチルの歩みを止めるかのようだった。それでも慣れた道を通りマンションの前まできて、そこで大きな吐息を一つ漏らす。

言い訳の言葉も思いつかないし、そんなことを口にしても仕方がない。峰原に対して誠実であろうとするなら、本当のことを包み隠さずに話すしかないのだ。そのうえで、彼に関係を清算しようと言われたらそれまでのこと。

峰原の息子と知っていて友人づき合いをしていたのは事実で、手塚から告白を受けていたのも事実なのだ。手塚とは肉体関係を持ったわけではないが、それを信じるかどうかは峰原次第だ。

父親を持ったことがないミチルには実の親子というものが、どういう感情で結ばれているのかがわからない。ただ、一人の男としての部分と、人の親である部分が違うとしたら、それはそういうものなのだろう。

「呼び出して悪かったね。卒論のまとめで忙しいんだろう？」

ミチルが峰原の部屋へ行くと、愛用のリーディンググラスを頭にのせた彼がいつもと変わらない様子で出迎えてくれた。あの夜もそうだったが、大人の彼が自分を見失うほど動揺するようなことはない。そういう彼の態度で、どれほど今のミチルが救われているかわからない。

「文章のほうはほとんどまとまりました。今は資料の整理を中心にやっています」

「そうか。わたしも読ませてもらうのが楽しみだ」

普段どおりの会話とともにリビングに入ると、峰原もちょうど来年早々に出す新しい歴史書の著者校正をしているところだったようで、デスクに打ち出し原稿が広げられていた。

マンションには書斎もあるのだが、ミチルが整理整頓をしてあげないとすぐにデスクの上までが資料や本で埋もれてしまう。そういうときは、リビングの窓際にあるデスクのほうで作業をするのが常なのだ。

「先生もお忙しそうですね」

「夏の間、講演ばかりでなかなか落ち着いて執筆ができなかったからね。ここにきて新刊のゲラがまとめてやってきて、大学の講義以外の時間は缶詰状態だよ」

「お食事はちゃんと摂ってますか？　寝不足のまま大学へ車で行ってません？　危ないから気をつけてくださいね」

峰原は独り暮らしが長くてなんでも自分でできる人なのだが、仕事や研究に没頭するとけっこう身の回りのことをほったらかしにしてしまう。そういうときはミチルが家事を手伝うようにしていたから、ついいつものようにあれこれと口うるさげなことを言ってしまう。

「お疲れのようですし、コーヒーでも淹《い》れましょうか？」

書き物仕事をしているときの彼は、コーヒーが手放せない。デスクの上の空《から》のマグカップを見ていつものようにキッチンへ行こうとしたら、峰原がミチルの二の腕を引いてソファのほうへと促した。

そういうことよりも、峰原にはミチルに確認したいことがあるのだろう。そして、今の自分は峰原の世話をかいがいしく焼くような立場でもないと思い出し、促されるままにリビングのソファに座る。

デイパックとコートを横に置くと、峰原は向かいに座る。いつもの彼ならミチルの隣に座るのに、そこからいつもとは違うということが伝わってくる。

「今日はミチルの顔をちゃんと見て話をしないとね。君に触れると、わたしはどうも理性を置き去りにしてしまう。そして、君はどうしてもわたしの言いなりになってしまうだろう。

だから、少し距離を置いて冷静に話そう」

もちろん、手塚のことについて、ミチルは包み隠さず話そうと思ってここへやってきた。だが、いざ峰原を前にすると、どういう順番で語ればいいのか考えてしまう。

そういえば、手塚もミチルを気にかけはじめ、ほぼ同時期に峰原に会いにいく決心をしたため、そこで二人の姿を見て説明の順序を思案していた。今まったく同じ状況がミチルの中に起こっている。そんなミチルの胸の内を知ってか知らずか、峰原のほうから口火を切ってくれた。

「一行とは十五年ぶりかな。すっかり大人になっていたが、案外わかるものだな。自分でも驚いたよ」

「彼のほうは先生の著書の近影で、顔は知っていたようです」

「みたいだな。彼がミチルと同じ大学だということは聞いていたが、まさかあんな場所で再会するとは思わなかったよ」

それもあんなタイミングで顔を合わせるというのは、あまりにも気まずかっただろう。

「手塚くんには大学のカフェテリアで声をかけられて……」

ようやくミチルが彼との関係を語り出すと、峰原は組んだ足の上に片手を置き、もう片方の腕をソファの背もたれにかけて耳を傾けている。

「最初は友達になろうと言われたんです。でも、彼が峰原先生の息子さんとは言われるまで知らなかったし、そもそも友人になるつもりもありませんでした」

「どうして？」

峰原が不思議そうに訊くので、ミチルが思わず苦笑を漏らし反対に彼に問いかけるように言った。

「先生は僕の性格を誰よりもご存知でしょう。東京にきてから友人らしい友人なんて、一人もできませんでした。それ以前に、地元でもろくに話す同世代の友達さえいなかったくらいだし……」

自嘲気味なミチルの言葉に峰原は小さく吐息を漏らす。呆れているのかと思ったが、そうではなくて彼は本気で不思議そうにたずねる。

「出会った頃からずっと疑問だったんだよ。どうして君はそう自己評価が低いのかな？　君はとても魅力的な容姿の持ち主で、頭もよくて性格も穏やかで優しい。誰でも親しくなりたいと思うだろう。まして、同性愛者なら多くの人が君に恋愛感情を抱くと思う。なのに、どうして君はそれを拒んできたんだ？」

「人の評価と自分の評価が違うんです。僕は自分という人間が好きではないんです」

「でも、わたしの誘いは受け入れてくれた。それは、やっぱり経済的援助があったからなのかな？」

今度は峰原のほうが自嘲気味に言うので、ミチルは慌ててそれを否定した。

「ち、違いますっ。あ、あの、もちろん、援助してもらったおかげで大学も続けられたし、それはそれで本当に感謝しているんです。でも、僕が先生と一緒にいたのは、先生のことが好きだからです。その気持ちに嘘はありません」

それだけはわかってほしいとミチルは彼の顔を見て訴えた。峰原もいつもの優しい表情で、小さく頷き納得してくれたようだ。

「そうだろうね。君は大人しく見えて、とても芯《しん》が強い。まぁ、頑固な一面があるということはわかっているつもりだ。いくら金銭的援助が必要だとしても、好意を持てない人間に抱かれることはできないだろうからね。そういう意味では、わたしは少なくとも君に嫌われてはないということだろう」

「もちろんです。本当に先生のことはとても尊敬しているし、初めて会ったときから魅力的な人だと思っていたんです」

「でも、それだけじゃない。君がわたしに求めているものは、おそらく父性だろうな」

ミチルが母子家庭で育ったことは話しているので、そのことは峰原も容易に察することができたのだろう。

「それも否定しません。僕は父親の存在を知らないので、先生にそれを求めていた部分はありますから」

「で、一行は君にとってどういう存在なんだい？」

手塚のことに話題が戻り、ミチルは心を落ち着けてきちんと筋立てて話をした。友人になろうと誘われて、一度はそれを断ったこと。だが、手塚のほうから峰原との関係を指摘されて、ミチルは彼のことを無視することができなくなった。

「彼は先生に会いにきたことがあるそうです。でも、そのとき……」

父親とミチルが寄り添って同じマンションに入っていく姿を見て、どれだけ複雑な思いであっただろう。それを考えたら、どこまでも「友人は必要ない」と突っぱねることはできなかった。

「最初は彼に先生とのつき合いを非難されると思っていたんです。詫びるしかないと思っていたけれど……」

「でも、一行の本音は友人ではなく、ミチルとそれ以上の関係になりたかったということだな」

そう言うと、峰原はなぜか笑い声を漏らし、自分の拳で口元を押さえる。笑っている場合ではないが、おかしくてどうしようもないというような様子に、ミチルが怪訝な表情になる。

「いや、なんというか……」

峰原はミチルの顔を見て、なぜ自分が笑ったのか説明しようとしてまた苦笑を浮かべる。

「親子だと思ったんだよ。まさかこういうことで血を思い知ることになるとはね。これもまた、因果というやつかな」

ミチルには何も言えなかった。手塚も自分が同性に心惹かれたときに、両親の離婚の原因をすぐに思い浮かべただろうし、本人もそのことで悩みもしたという。手塚が峰原に会いにいこうと決心したのも、そのことを相談しようと思ったからだと言っていた。

それがこんなにも皮肉な結果となってしまったのだ。手塚のあのときの少し開き直ったような態度も、峰原が思わず苦笑を漏らすのも仕方がない。そして、彼らの親子関係をより複雑にしてしまったのは、ミチルの存在に他ならない。言い訳も何もないが、ミチルには真実を伝える以外にできることはなかった。

「手塚くんとはあくまでも友人としてつき合っていました」

「友人などいらないと言っていた君なのに？」

ちょっと嫌味を言って笑い、すぐに「失敬」と自分の大人げない態度を詫《わ》びて先を促す。

「彼は先生によく似ているんです。親子だから当然なんですが、一緒にいても違和感がなくて、正直心地よかったんです。彼は先生が送った本は全部読んでいて、歴史についても詳しくて話していても楽しかった。でも……」

「でも、なんだい？」

「彼とはけっして体の関係は持っていません。それだけは誓って言えます」

「そうだね。それは信じるよ。君の体を二年以上抱いてきたから、それくらいはわかる。と同時に、君の気持ちが揺れていることもね」

「先生……」

峰原はミチルの言葉を信じてくれたけれど、それでも疑問に思うことがあるという。

「ただね、わからないのはどうしてそうしなかったのかということだ。わたしは君の恋愛を認めていたし、許していたはずだよ」

「先生は寛容な大人だから、僕が何をしても許してくれるだろうと思っていました。でも、手塚くんとは駄目だと思ったんです。それは、先生を裏切るような気がして……」

他の誰かならよくて峰原の息子だから駄目だというのは、あくまでも心情的なものだ。もし彼が峰原の息子だと知らなければ、彼の告白を受け入れて友人よりも踏み込んだ関係になっていたかどうか、それを考えてみてもミチルの中に答えはない。それは、歴史に「ｉｆ」がないのと同じことだ。

「それで、一行に会っていることをわたしには言わずにいたということか」

「何度も話そうと思ったんです。でも……」

できなかった。ミチルなりに考えて、それが一番穏便な方法だと判断したからだ。卒業すれば峰原との関係も終わり手塚とも疎遠になり、やがて自分の存在も彼らから消える。そののちに、二人が穏便に再会できればそれでいい。

そのときにミチルの話題が出たとしても、それは過去のこととして歴史を語るように彼らの心を通り過ぎていくだろう。ただ、ミチルが望んだことは、残された時間を彼らと過ごすことだけだった。

「わたしは君のことが好きだよ。いつだって抱きたいと思うし、とても愛しいと思う。もちろん、一人の学生としても、一人の青年としても好ましく思っている。そんな君が自分の息子の友人であったら、それを残念に思う理由はない」

もちろん、それだけならそうだと思う。けれど、手塚は峰原とミチルの本当の関係を知っている。自分の父親が自分と同じ歳の男と肉体関係を持っていると知っていて、なおかつ彼もまたミチルに友情以上のものを求めている。

ミチルが手塚に応える気持ちはないとしても、それを峰原に信じてもらえるかどうかが不安だった。なぜなら、手塚と親しくなるほどに彼に惹かれている自分がいたからだ。そして、恐れていた質問を峰原が言葉にする。

「で、ミチルは一行のことをどう思っていたの?」

「彼のことは……」

「抱かれてもいいと思った?」

ミチルは答えに詰まる。ここで嘘を塗り重ねても峰原に見透かされ、あさはかさに呆れられるだけだと思った。

「惹かれていました。最初は本当に友人のつもりだったけれど、一緒にいるうちに少しずつ気持ちは動いていたと思います。だから、よけいに先生には打ち明けられなくなってしまった……」

父親と関係を持ちながら、その息子にも心を奪われるということにミチル自身が抵抗を覚えていた。それは節操のない恋愛ごとに溺れる心の弱い人間のすることに思え、同時に自分の母親を彷彿《ほうふつ》とさせたから。

「先生の言うように、僕は自己評価が低い人間です。それは、自分の生まれと育ちのことがあるからです」

「母子家庭で、お母様が奔放な方だという話かい？」

「それもあります。でも、結局は自分自身の問題だと思っています。愛し方も愛され方もわからないんです。先生は大人だったから、どんな僕でも受けとめてくれました。本当に先生には感謝しているんです。だから、自由に恋愛してもいいと言われてもそんなつもりもなかったし、そもそもこんな自分が誰かとまともに恋愛ができるとは思っていませんでしたから……」

「でも、一行は違ったようだね」

ミチルは小さく頷き、彼の言葉を肯定した。

「わたしと体の関係を持って経済援助を受けながら、息子とは自由に恋愛する。言葉にしてみるとなかなか奔放だな」

峰原が苦笑交じりに言う。だが、冗談ではなかった。ミチルの一番恐れている、それは母親のように恋愛に溺れたあさましい姿だ。

「僕にはできません。無理です……」

「なのに、一行と会っていたんだろう。二人きりで何度も出かけ、その都度一行の君への気持ちを確認していたはずだ。君が彼に応える気持ちがなかったとしたら、それは残酷な真似だったとは思わないか?」

その言葉はミチルにとって辛いもので、峰原の口調もいつになく厳しく聞こえた。

「そ、それは……」

それが自分のずるさだとわかっている。わかっていながら、結局は峰原に打ち明けないまま手塚との関係も続けてしまった。タイミングがすべてを狂わせたのも事実だが、ミチルの気持ちが現状を招いたのもまた事実だった。

歴史の勉強をしているとちょっとしたタイミングで歯車が狂い、世の中が大きく変動していくのを知る。だが、それもミチルは偶然だとは思っていない。それは同じ時間軸のどこかで誰かや何かの働きがあり、そうなるように仕組まれているからだ。すなわち、すべては必然と考えている。だから、峰原と手塚が親子で、ともにミチルに関わったこともまた起こるべくして起こったことなのだと思う。

「それで、君はこれからどうするつもりだい?」

ミチルは自分の意思でそれを決めることができない。決めようとは思っていない。ミチルが大学を卒業するまであと半年もない。卒論もほとんどまとまっているし、ここまできたらどうにかして卒業までこぎつけることはできるだろう。

峰原が誠実とは言えない態度に愛想を尽かし、援助をやめて関係も断ち切るというのなら、それは仕方がないことだと思う。だからといって、手塚のことも自分の意思でどうするつもりもない。峰原が自分の息子とはそういう関係になってほしくないというのなら、ミチルは二度と彼には会わないようにするつもりだ。つまり、ミチルの身の振り方はすべて峰原の心一つということだ。

それは嘘をついていたペナルティであり、世話になった峰原への詫びの気持ちと自分が示せる精一杯の誠意だと思っていた。

そのことを告げると、峰原は少し考えてから思い出したように頭にのせていたリーディンググラスを取ってテーブルの上に置いた。

「わたし次第ということか。わたしは君の意思次第だと思っていたが、下駄を預けるというのならやぶさかではないよ。わたしも今回の件では、いろいろと考えることもあったしね」

彼の考えたことの中には息子のこれからのことや、ミチルとの関係についてだけでなく、彼自身の気持ちもあると言う。それを聞くのが怖かったミチルだが、峰原はそれを言葉にしようとはしなかった。

そして、俯いたままのミチルのそばにくると肩に手をかけて立ち上がるように促す。このまま部屋から出て行けと玄関を指差されるのだろうか。

そのとき、ミチルは峰原のそばで過ごした二年間が、自分の人生においてどれほど穏やかで幸せだったかと思い出していた。知識の海に浸りつつ、心と体の飢えを満たしてもらい、初めて「愛情」というのはこういうものかと実感することができた。峰原にはどれほど感謝してもし足りない。

予定よりも少し早い別れになってしまったけれど、これが運命の区切りなのかもしれない。そう思ったミチルは悲しみとともに頭を下げて言う。

「先生、これまでのこと感謝しています。ありがとうございました」

「まるでこれっきりのようなことを言われても、わたしにはそのつもりはないよ」

「え……っ?」

一瞬どういう意味かと考えながら顔を上げると、峰原の両手がミチルの体を抱き締めてくる。いつもと変わらないその慣れた仕草につい身をまかせそうになるが、峰原の胸の内がわからない。

「先生、あの……」

「わたしの答えはこのとおりだ。君を手放す気はないよ。少なくとも、卒業まではわたしのそばにいなさい。これまでどおり援助もするつもりだ。君を縛るつもりはないと言ってきたが、これだけは譲れない」

そう言って峰原はいつものように唇を重ねてくる。このとき、ミチルは胸の中で大きく安堵の吐息を漏らしていた。自分がついていた嘘を峰原が許してくれた。彼はまだミチルを望んでくれている。峰原の言葉によって、ミチルはあらためて卒業までは確実に彼のそばにいることができると教えられたようなものだった。

「さぁ、おいで。ちょうど仕事も一段落したところだ。君を抱いて癒《いや》されたいね」

出て行けと玄関を指差されるどころか、峰原はミチルを寝室へと誘う。もう何度も体を重ねてきたベッドに連れられていくと、もう一度口づけを受けて身につけているものを脱がされていく。

コートはリビングのソファに置いてきた。カーディガンを脱がされ、シャツの前を開かれ、ジーンズも下着とともに下ろされる。ほとんど裸にされてから、ミチルが慌てて訴えた。

「せ、先生、シャワーを使いたいです」

朝出かける前にアパートでシャワーを浴びてきたが、一日大学にいて暖房の効いた講義室では少し汗もかいていた。けれど、峰原は気にならないと言ってそれを許してくれなかった。

「ミチルはいい匂いだよ。よけいなコロンも使ってなくて、とても自然で少し甘い香りだ」

それはシャンプーやボディソープの香りだと思うが、峰原はそれらがミチルの体臭と混ざって独特の香りになったものがいいという。シャワーを許されないままベッドに横にされたら、今度はいつかのように両手を差し出すように言われる。

「前にもやっただろう。ミチルもずいぶんと感じていたみたいだし、わたしもなかなか刺激的で楽しかったからね」

確かに、両手を拘束されて抱かれた夜は乱れた。不自由なうえ無防備になった自分を愛されるほど、ミチルは淫らに燃えた。だが、この日はそれだけではなかった。縛られた手をベッドヘッドに繋ぐ前に、峰原はワードローブから愛用のスカーフを取り出してくる。イタリア製の白地に同系色でペーズリー模様の刺繍が施されたシルクスカーフは、ネクタイ代わりによく使っているものだ。

「今夜はもう少し楽しいことをしてみようか」

そう言うと、峰原はミチルの目をそのスカーフで覆ってしまう。

「せ、先生、これは……」

両手の拘束のうえ目隠しまでされて、ミチルもさすがに動揺を隠せなかった。見えないということがこれほど不安を煽るものだとは思わなかった。だが、ベッドの上でうろたえるミチルの背後から両手を回して抱き締めると、耳元で峰原が甘く囁く。

「動きと視界を奪われて抱かれるんだよ。これがわたしに嘘をつき、一行の心を弄《もてあそ》んだ罰《ばつ》だ」

「そ、そんなっ。違うんです、僕は……」

そんなつもりはなかった。慌てて言い訳をしようと思ったが、その口を峰原の手でそっと塞がれる。

「いいんだ。何も言わなくていいよ。君のことはこれでもよくわかっているつもりだ。だから、君に相応しい罰を与えることにしたんだよ。わかるね、君はただ淫らになればいい」

耳たぶを甘噛みしながら、胸に回した手でミチルの乳首を強く摘《つま》み、低い声で優しく囁く。そのとき、ミチルは言い訳は必要ないのだと理解した。彼の言うとおり、ミチルの行動など彼にはそれほど意外でもなかったのだろう。

これもまた峰原一流のやり方であって、ミチルの罪を責める振りをしていつもと違う情事を楽しもうとしているのだ。だったら、ミチルはその罰に怯えながらも酔って乱れればいい。それが峰原を一番満足させることなのだ。

口づけとともに体を横にされて、ベッドヘッドに両手を繋がれる。

「さぁ、膝を割って足を開くんだ。ああ、やっぱり君は恥ずかしい姿を見られるのが好きなんだな。もう前が大変なことになっているよ」

峰原に言われなくても、自分の前から溢れてきたものが伝ってこぼれ自分の下腹を濡らしていることに気づいている。視界を奪われているからよけいに感覚ばかりが鋭くなって、そこを見ている峰原の視線が突き刺さるように感じてしまうのだ。

「だが、これだけじゃ寂しいな。もう少しいやらしく飾ってあげよう」

まだ何かされるのだろうかと思ったとき、尻の下にピローを押し込まれて腰を持ち上げられてしまった。後ろの窄まりまでが晒されて羞恥を感じる間もなく、今度はそこに何か硬いものがあてがわれた。

「ひぃ……ぁ……っ」

思わず腰を上げて声を漏らしてしまう。

「大丈夫。これももう君は経験済みだ」

そう言われて、何か硬いものが潤滑剤の滑りとともに体の中に押し込まれた。

「ああ……っ、う……ぅんっ……っ」

見えなくても感覚だけでわかる。それは、水牛の角で作られた例のものだ。峰原のものでなくても、それで中をかき回されるとたまらなくなる。それは前に経験して知っている。だが、峰原はそれを押し込んだままで動かしてはくれない。

そういえば、以前もそれを銜《くわ》え込んだ姿を鑑賞して楽しんでいたことを思い出し、しばらくはこのあさましい姿で身悶《みもだ》えることになるのかと心と体が震えた。興奮と羞恥ともどかしさとわずかな怯え。それらが入り交じって、ミチルはこの状態では唯一自由になる口で峰原の名前を呼んだ。

「せ、先生……っ、先生、ごめんなさい。嘘をつくつもりはなかったんです……」

懇願の言葉を口にしながら、それでも罰を受ける自分に淫らな気持ちをかき立てられる。

峰原は淫らな姿を晒しているミチルの横に腰かけて、白い胸から脇腹《わきばら》を撫で回し、ときには唇を濡れた股間に這《は》わせている。

「そうだね。嘘をつくつもりもなかった。一行を傷つけるつもりもなかった。君は悪くない。わかっているよ。これはむしろわたしたち親子の問題なんだろう」

峰原がそう言って、ミチルの体をその手で撫で続けながら体を起こしたときだった。寝室のドアの開く音がしたような気がした。峰原は自分のすぐそばにいるのにと奇妙に思ったら、今度はフローリングをゆっくりと歩いてくる足音が聞こえた。

「え……っ？　せ、先生っ？　誰か……？」

いるのだろうか？　そう思って気配を探るが、目隠しのままでもがいたところで何も見えるわけはなかった。不安そうに身を捩るミチルの頬を宥めるように撫でながら、峰原がその足音に向かって問う。

「親子でミチルを好きになってしまうとは思わなかった。でも、これが血なら仕方がないなぁ、そうじゃないか。一行？」

峰原以外の誰かがいると知り驚き怯えていたのに、それが手塚だと言われて心臓が止まりそうになった。

「う、嘘……っ。そ、そんな……」

「ミチル……」

嘘ではなかった。それは間違いなく手塚の声だった。峰原と寄り添ってマンションに入る姿を見られるだけでも心地の悪いことだった。それなのに、こんなあられもない姿を見られてしまった。

「ミチル、父さんに抱かれていても、俺のことも少しは思ってくれていたんだな」

そのとき、ミチルがハッとしたように見えない目で峰原がいるらしいほうを探して顔を向ける。

「先生、もしかして……？」

「ああ、さっきリビングで我々が話しているときから一行はいたんだよ。ミチルの本当の気持ちを知りたいというんで、先に呼んでおいた」

思わず溜息が漏れた。それは悲痛な溜息だった。あのとき、キッチンに入ろうとしたミチルを峰原が止めたのはそのせいだったのだ。何もかも聞かれていたショックもあるが、それよりも今はこの姿を手塚の前に晒していることが辛い。こんなあさましい姿を見て、彼はもう自分を友人などとは思えないだろう。

「い、いやだっ。先生っ、どうしてっ？　カズユキ、お願い、見ないでっ。こんなのはいやだ……っ」

ミチルは悲鳴交じりの声で叫んだ。だが、ミチルの願いも訴えも聞き入れてもらえるはずがなかった。

「どうしてそんなに慌てる必要がある？　一行のことが好きなんだろう？　だったら、いいじゃないか。わたしは気にしないよ。君は充分に魅力的だ。自分の息子ながら目が高いと思ったよ。だが、わたしはまだ君を手放す気はない。だから、こうするのが一番いいと思ってね」

「で、でも、これじゃ……」

「何か問題でもあるかい？」

　こんなことが倫理的に許されるのだろうか。ミチルはすっかり混乱の中にいるのに、体のほうは例の道具を押し込まれたまま峰原の手で股間を握られ、甘い喘《あえ》ぎ声を上げてしまう。

「一行、よく見るといい。ミチルはこういう子だよ。とても淫らできれいな生き物だ。おまえと同じ歳だが、この子にもこの子なりに抱えてきた重いものがあるんだ。可哀想《かわいそう》に思わずにはいられなかったよ。それに、同じ歳の息子を持つ身としては、学びたいと思っている彼をどうしても放っておけなかった。だから、経済的な援助も喜んでしてきたんだ」

「父さん……」

　手塚がすぐ近くにいることはその声の距離でわかる。次の瞬間、あきらかに峰原の手ではない感触がミチルの体に触れた。掠れた悲鳴を上げてミチルが体を捩ったが、それを今度は峰原の手とわかるものがそっと押さえる。

　手塚に峰原との本当の関係も知られてしまった。自分がいかに淫らな存在かを晒け出してしまい、さらには二人の間に金銭の授受があったことも知られてしまった。

　ミチルの体に触れていた手が体を撫でるように上がっていき、顎をつかまれると彼の唇が重なってくるのがわかった。それは優しいとは言えない、噛みつくような口づけだった。やがて彼の唇が離れるとともに、もう一度名前を呼ばれた。

「ミチル……」

「ごめん。ごめんね……」

ミチルは何度も謝った。彼の表情はわからないけれど、それしか言える言葉がない。峰原との関係について、すべてを正直に話さなかった。本当は友人面などできる立場でもないのに、一緒にいるうちに彼の気持ちに甘えるようになっていた。

峰原の言うように、応えられないとわかっているなら、最初から二人きりで会わないほうがよかったのだ。詫びるミチルに手塚が頰や首筋に唇を這わせてくる。

峰原を想っていると言いながらも、しょせん体を売るような真似をしていたのだと軽蔑されたかもしれない。そして、こんな人間になら何をしてもかまわないと思っているのかもしれない。

「カ、カズユキ……ッ」

「ミチルは道具を入れられても感じるんだな。こんないやらしい体をしていたなんて、大学や外で会っているときは想像もできなかったよ。すごいな」

呆れるくらい淫らだと言いたいのだろう。耳を塞ぎたくても、両手は縛られたままだ。さっきまであれほどミチルの不安を煽っていた目隠しだったが、いっそ何も見えなくてよかった。今のミチルはとても手塚の顔を真っ直ぐに見ることはできなかったから。

「本当はもっと心が近づいてからって思っていたけれど、やっぱり触れたい。触れられるものならやっぱり抱きたい……っ」

手塚はそう言うと、ミチルの股間に手を伸ばしてきた。だが、それを一瞬早く止めたのは峰原だった。峰原の手が弾《はじ》いた手塚の手がミチルの下腹に当たって、二人の間に沈黙が訪れる。それでも、ミチルにはどうすることもできなかった。

「ミチルの気持ちはさっきおまえも聞いたとおりだ。そして、これがもう一つのミチルの姿だ。大学で学業に励んでいるのも、こうしてわたしの腕の中で乱れているのも、どちらも本当のミチルだ」

峰原の言葉に手塚が低く呻いたのが聞こえた。

「おまえがどれくらい本気でミチルのことを思っているのかは知らないが、自分の将来や今の家族のことを考えて、あえて選ぶ必要がないのならミチルのことはやめておきなさい。この子はね、きれいで淫らで夢中になったら逃れられなくなるよ」

二年以上抱いてきてミチルがどういう人間かよくわかっている峰原が言う。安易にミチルに関われば、将来的に峰原自身と同じことになりかねないと考えているのだろう。だが、そんな峰原の評価もミチル自身とはまた違う。自分には誰かを夢中にさせるほどの魅力はない。ただ、淫らなことは間違いない。

「この子はわたしがちゃんと面倒を見るつもりだ。この先、社会に出てもミチルのことはわたしが生きているかぎり見守ってやりたいと思っているよ」

「せ、先生……」

見えないけれど、すぐそこにいる峰原のほうを向いてミチルが呟いた。まさかそんなふうに考えてくれているとは思わなかった。峰原はこれまでミチルとの関係について、先のことは何も言わなかった。だから、てっきり卒業を機に関係も終わりになると思っていた。

もちろん、ミチルが学び続けるかぎり峰原は園田とともに、自分の恩師になる。だから、講演会などで顔を合わせることがあればいいし、自分の人生に何か変化があればその都度連絡はするつもりだった。

ミチルで力になれることはそれほどないにしても、大学在学中に受けた経済的援助に対してできる礼があればどんな形であっても返そうと考えていた。けれど、峰原はもっと大きな気持ちで、まるで本当の父のようにミチルのことを見守ると言ってくれたのだ。

驚きながらも嬉しさにミチルが心を震わせかけたそのとき、今一度、息子の一行にたずねる。

「一行、おまえにはどれほどの覚悟があるんだ？」

もしかして、今の峰原の言葉は自分の息子がこれ以上誤った道に足を突っ込まないよう、けん制するための方便だったのだろうか。だが、もしそうだったとしても、峰原の目論見《もくろみ》はあてが外れた。

「俺はミチルのことが……」

そこまで呟いて、手塚は言葉を止めた。目隠しをされたままのミチルには彼らの表情はわからない。たった今あられもないミチルの姿を前にして父親の言葉を聞き、手塚は何を思っているのだろう。

次の瞬間、峰原の手からミチル自身が違う手の感触に包まれる。とても似ているけれど、あきらかに違いがわかる。擦り上げるときの癖が違うのだ。

「うう……っ、あっ、んんぁ……っ」

ミチルが思わず声をこらえようとして、耐え切れずに身悶える。初めての刺激がたまらなかった。そうやってミチルを啼かせながら手塚が峰原に言う。

「俺はミチルが好きだ。ずっとこの体に触れたかった。だから、後悔はしない。父さんがミチルを抱いて後悔しなかったようにね」

「それが答えなら、抱くといい」

そう言った峰原がミチルの足をさらに割って、内腿を撫でながら膝頭に口づけをしてくる。開かれた股間に手塚の手が愛撫を続ける。父と息子の間でミチルはただ乱れ、快感のあまり嗚咽を漏らすことしかできなくなるのだった。

違う手と唇と舌が、まるで違う快感を与えてくれる。

「ああ……っ、うぁっ、はぁっ、はぁ……ぅ。も、もう、苦しい……。それ以上はしないで……ぇ」

ミチルは何度も体をうねらせては果てて、そしてまた身悶える。峰原の愛し方とは違って、手塚は若さにまかせて攻め立てる。手塚に抱かれて、初めて峰原がどれほど優しく労《いた》わるように自分を抱いていてくれたのかを思い知った。

「駄目だ。全然足りない。まだ、もっとほしいんだ……っ」

最初のうちは慣れない愛撫に怯えて暴れるように身を捩っていたので、峰原がそっとミチルの足や腰を押さえていた。けれど、いつしかその手が離れて今は手塚だけがミチルの体を貪るように抱いている。峰原はといえば、ベッドから少し離れた場所に座っているのが気配だけでわかる。声が聞こえる方向からして、窓際のそばのカウチに座っているのだろう。

手塚は男を抱いたのは初めてなのか、ときおり女と要領が違い戸惑っているのが伝わってくる。その都度ミチルの体はもどかしさと慣れない苦痛を同時に味わうことになった。そして、手塚が焦ってミチルの体に無理を強《し》いると、まるで講義をしているかのように峰原がたしなめるのだ。

「ミチルはこの数年間、わたし以外の誰にも抱かれたことがないんだ。弱いところはそっと触れてやりなさい。色が白いだろう。皮膚も弱いから、乱暴にするとすぐに跡が残る」

「わかってる。わかってるけど……」

そう言いながらも、手塚は夢中でミチルの体に歯を立てては唇を押しつける。ミチルが自分のものだと印をつけるかのように、赤い嚙み跡をつけていく。

体の中に入っていた例の道具は、さんざん抜き差しされて一度果てたあとに引き抜かれていた。けれど、そこには今手塚の指が三本入っていて、潤滑剤の滑りで中をかき回されている。息をつく暇もなく、快感と苦痛が交互にやってきてミチルは泣き声を上げる。

両手の拘束と目隠しのまま、やがて手塚が指を抜いたそこに彼自身を押し込んでくる。峰原と違う大きさと形と熱さだった。それがミチルの体の奥の奥を探るように突いてくる。一刺しごとに深く強く突かれて、ミチルがポロポロと涙を溢れさす。

「ごめん……っ。でも、止められない……っ」

「んんっ、んぁ……っ、ああ……っ」

峰原のお気に入りのスカーフが涙でしっとりと濡れている。すると、そこに手塚以外の手がそっと触れる。いつの間にかカウチから立ち上がり、そばにきていた峰原の手だ。

「そろそろ目隠しを取ってあげよう。自分を抱いているのか誰か、ちゃんとその目で確認すればいい」

そう言って、峰原はミチルの目を覆っていたシルクのスカーフを解いて取り去った。部屋の照明は落とし気味だったが、ずっと視界を塞がれていたミチルには眩《まぶ》しかった。目を何度もしばたたかせていると、今度はベッドヘッドに繋がれていた両手の拘束を取ってくれる。

「先生……」

手塚自身を受け入れたままの状態でぼんやりと峰原を見上げ、喘ぎすぎてすっかりだらしのなくなった口元が緩んで峰原を呼ぶ。

「さぁ、一行を受け入れるのなら、彼を抱き締めてやるといい。すべては君次第だ」

「でも、先生は……」

視界と両手の自由を取り戻し、ミチルが峰原にばかり語りかけるのに苛立ったのか、手塚が顎に手をかけてきて唇を塞いでくる。体を突かれながら口腔の奥まで舌でまさぐられる。苦しさに拳で緩く手塚の背中を叩くと、ようやく離れた唇で彼が言う。

「ミチルっ。今抱いているのは俺だ。父さんじゃないっ」

わかっている。慣れた峰原とは違う、どこか拙《つたな》さがあって、そのくせ夢中でしがみついてくる子どものようなせつなさが痛いほどに伝わってきている。彼のこの真っ直ぐさは、最初に出会ったときからミチルを強く惹きつけていた。

「うん……。わかってるよ。カズユキ……」

彼の名前を呼んでみる。体の中で手塚自身がまた膨張して、ミチルの最奥に甘い疼きが走った。ミチルが下腹を痙攣《けいれん》させて、彼を締めつけると中で熱いものが弾けたのがわかる。同時にミチルもまた股間からすっかり色の薄くなったものをこぼしてしまう。

荒い息のまま二人で体を重ねあっていたが、ミチルはずっと縛られていた両手を持ち上げるとそっと手塚の背中に回した。本当はもっと力を込めて抱き締めてあげたいけれど、今はだるくてそれができない。でも、彼のこともやっぱり好きだと思う。

峰原の息子だからかもしれないし、そうでないかもしれない。彼が峰原の息子でよかったと思う気持ちもあるし、そうでなければよかったのにと思う気持ちもある。けれど、すべてはこうなる定めだったのだと思える。歴史に偶然がないように、人の出会いもまたすべて因果関係があってそのように導かれるのだ。

「ミチル……」

ベッドの上で弛緩した体を重ね合う二人のそばに腰かけ、峰原が声をかけながら汗と涙で濡れたミチルの癖のある柔らかい前髪を撫で上げてくれる。

「先生、僕は怖いです……」

正直な気持ちだった。峰原をこんなにも慕っている。なのに、手塚を想う気持ちも嘘ではない。許されることだろうか。自分は母のように、あるいは彼女以上に破滅的な恋愛に溺れていこうとしているのではないだろうか。すると、峰原はミチルの額に優しく口づけて言う。

「大丈夫だよ。何も怖いことなどないんだ。わたしは君を愛しく思っている。一行も同じ気持ちだろう。わたしたちは君を愛しているんだ。君はそれを受け入れるだけでいい」

本当にそうだろうか。まだミチルの心には不安があった。けれど、今はもう何も考えることができない。あまりにもけだるい体がミチルに何も考えさせてくれない。ただ二人の愛に溺れるだけで、明日のことさえわからなかった。

◆◆

いつしか恋心に近いものを感じていた一行《かずゆき》だからこそ、友情のまま終わらせようと思っていた。なのに、気がつけばこんなことになってしまった。後悔するより、もはやなるべくしてなったことだとしか思えなくなっていた。

そもそも、峰原《みねはら》の面影《おもかげ》を持つ一行に惹《ひ》かれたのはあまりにも必然だったのだ。それを、卒業まで峰原にも気づかれず、素知らぬ顔で友人づき合いをしていればいいなどと考えていた自分が甘かった。

それからというもの、一行とは大学で顔を合わせても今までとはまったく違う関係になった。表向きはこれまでどおり、最近親しくなったばかりの友人同士で、趣味の歴史の話に花

を咲かせているだけに見えているだろう。

だが、実際はまるで違う。人の目のないところでは一行はミチルの体を抱き締めて、唇を重ねてくる。拒《こば》むことはできなかった。

「ミチル、今日はバイトあるのか？　それとも、父さんと会う日？」

そのどちらでもないと首を振ると、一行はミチルの部屋へ行きたいと言う。二人きりになって抱きたいと思っているのはわかっていた。だが、ミチルはやんわりとそれを断る。抱かれるのはいいが、自分のアパートの部屋に誰かを入れるつもりはなかった。

貧しい暮らしぶりを恥じているわけではない。その部屋を見られるのは、裸の自分を見られる以上に恥ずかしいだけ。そこには何もない自分がいるだけだから。

峰原もまだ知らないミチルがいる。きっと本当の姿を知れば、二人ともミチルへの幻想も壊れ、愛しいと言ってくれる気持ちも醒《さ》めるだろう。それを怯《おび》えているから、ミチルは峰原にもそう訴えた。何度も自分自身の評価は他人のそれと違うと言ってきた。ミチルは相変わらず自分自身が好きになれないままなのだ。

結局、その日は一行に誘われるままにビジネスホテルに行った。そこを使うのは初めてではない。一行の義父の会社が社員や来客の宿泊用によく利用するホテルチェーンの一つで、一行も会員権カードを渡されていて安く利用できるのだそうだ。

これまでも女の子と何度か利用したことはあるらしいが、その都度一行本人がキャッシュで支払いをしているため、義父から何か言われるようなことはなかったという。

もっとも、同性と、それも実の父親の愛人のような存在と一緒に寝泊りしていると知ったら、怒ってカードを取り上げてしまうかもしれない。

これまで男を抱いたことはない一行だが、ミチルを抱くことにまったく抵抗はないらしい。二度目からは峰原のレクチャーがなくても、案外器用にミチルを快感に導けるようになっていた。それも回数を重ねるごとに大胆にもなり同時に優しくもなって、目を閉じていると峰原に抱かれているのか一行に抱かれているのかわからなくなるときがある。

「あっ、あ……んっ、せ……」

思わず口にしかけた言葉を呑《の》み込んだが遅かった。ミチルが峰原のことを呼びかけたと気づいて、一行がちょうど愛撫《あいぶ》をしていた胸の突起を噛《か》んだ。痛みにミチルが悲鳴を上げたが、一行がちょっと不機嫌そうに言う。

「俺《おれ》は父さんじゃない。俺に抱かれているときは俺の名前を呼べよ」

もちろん、そのつもりだった。でも、間違えたなどと言い訳すればよけいに一行を不愉快にさせるだけ。だから、ただ一言「ごめん」と謝った。すると、一行はきつい言葉になってしまった自分を反省するように呟《つぶや》く。

「うん、俺もごめん。ミチルは本当は父さんのものだったのに……」

「違うよ。僕は……」

誰のものでもない。こんな自分を本気でほしがってくれる人なんていない。今でも自分は愛し方も愛され方もよくわかっていないのだと思う。

「僕は先生に相応《ふさわ》しいなんて思っていないもの」

そう呟いた言葉はあまりに小さな声だったので、愛撫を続ける一行の耳には届かなかったようだ。

泊まるつもりはなかったけれど、明日は土曜日で大学が休みだったので一行に引きとめられて一緒のベッドで眠ることにした。それに一行の愛し方はやっぱり激しすぎて、体がだるくて起き上がるのが辛《つら》い。

一緒にシャワーを浴びながら、一行はミチルの体を丁寧《ていねい》に洗ってくれた。こういうところは峰原に似ている。セックスには夢中になりすぎてしまうけれど、優しい男であることは間違いない。きっとこれまでつき合った女性たちにもこんなふうに優しく親切だったのだろう。

「明日はバイクで部屋まで送るよ」

ベッドに入ると、いつも左側を下にして横向きに眠るミチルを背後から抱き締めて、肩に口づけを繰り返しながら言う。ミチルはその口づけのくすぐったさに耐えながら答える。

「ヘルメットがないよ」

「大丈夫。ちゃんと予備を持ってきているから」

近頃バイクで大学にくるときは、必ず予備のヘルメットを積んでくる。いつでもミチルを乗せて送れるようにだ。そうやって一行の生活にミチルの存在が組み込まれていき、なんとなく複雑な気分を味わっている。嬉《うれ》しくないわけではない。でも、本当にこのままでもいいのだろうかという戸惑いが拭《ぬぐ》いきれない。

その理由をミチルはもう知っている。けれど、それを言っても、きっと一行はまだずっと先のことだと取り合わないだろうと思うから口にしないだけ。

そんなミチルの戸惑いを知らずに一行が訊《き》く。

「なぁ、ミチルは卒業したら父さんと住むのか?」

「そんなつもりはないよ。先生に迷惑をかけたくないし」

「父さんはそれを望んでいると思うけど」

よしんばそうであったとしても、甘える気はない。これまででも充分すぎるほどの援助をもらってきた。息子のように可愛《かわい》がってもらってきたからこそ、息子のように彼から自立するべきだと思っている。そうすれば、峰原もミチルを巣立った子どものように見守りながら、残りの人生をともにするべき真のパートナーと自由に生きていくことができるだろう。

ミチルがそのことを口にすると、一行はなぜか少し呆《あき》れたように肩を竦《すく》めているのがわかった。まるでミチルが何もわかっていないというような素振りだ。でも、それ以上峰原のことを言うのをやめて話題を変える。

「じゃ、父さんと同棲《どうせい》しないなら、俺と一緒に暮らすのはどう?」

「実家を出るつもりなの？」

「本当は大学に入ったときに独り暮らしをするつもりだったんだけど、同じ都内で部屋を借りるのは不経済だし、母親に実家にいてほしいって言われたんで、四年間は我慢していた。義父が出張で留守《るす》のときはひどく不安がるんだ。一人になるのが嫌いな人でね」

「お母さんのこと、大事にしているんだね」

ミチルは母親に対して複雑な思いしかない。ときには嫌悪さえ感じている。

「母さんは俺を連れて父さんと別れてから、今の義父さんと出会うまで寂しい思いをしていたからな。本当は離婚したくなかったんだよ。父さんのことをとても愛していて、多分今も心からは憎んでいないと思う。ただ、父さんが女性を愛せないなら、自分がそばにいる意味を見出せないと思ったんだ」

峰原も離婚の原因はすべて自分だと認めている。だから、息子の親権と当時暮らしていた家を渡し、峰原が一人で去った。その後は面会権も放棄する形で、陰ながら別れた妻子の幸せを祈ってきた。峰原が唯一彼らに自分の存在を知らせるのは自分の著書が出たときだけで、それを息子に送り続けることで愛情を失ったわけではないと控えめに伝えてきたのだ。

「ねぇ、先生のことを恨んだこともある？」

ミチルは背後から裸の自分を抱き締めている一行のほうへ視線だけを動かしてたずねた。それはずっと訊いてみたいと思っていたこと。あんな再会をさせてしまったミチルにしてみれば、もし一行の心に少しでもわだかまりがあるのなら、自分の拙い言葉で峰原の気持ちを代弁したいと思っていた。

けれど、一行はそれにはすぐに答えることはなかった。やがて、小さな溜息《ためいき》が返ってきて、彼は自分の気持ちを語る。

「子どもの頃《ころ》はいきなり父さんがいなくなって、母さんと俺は捨てられたんだと思った。けれど、中学に上がる前にはそうじゃないこともなんとなくわかっていた」

両親の離婚の原因は父にあって、父は母を愛していなかったわけではなかった。ただ、彼女が女性であったために結婚生活が続けられなかった。最初は不可思議なパズルのような言葉が、やがて一行の中で一つの意味を成した。つまり、父はそういう性的指向を持つ人間だと知ったのだ。

自分でも奇妙に思えるほど衝撃や驚きもなかったという。ただ、「ああ、そうか」と思っただけだという。

「子どもってさ、不思議なもので大人が隠そうとしている秘密ほど簡単に見つけてしまうよな」

「ああ、そうかもしれないね」

ミチルもそんな一行の言葉に思わず苦笑を漏《も》らした。なぜなら、ミチルも自分の母親が男なしでは生きていけなくて、世間から「尻軽女《しりがるおんな》」と陰口を叩《たた》かれていることは小学校の頃には知っていた。それだけではない。母親がどうやって自分の店を手に入れたか、その事情もちゃんと知っていたのだ。

彼女はその地方出身の代議士の息子の愛人をしていたときがある。その男が父親の地盤を引き継いで選挙に出るときに、身の回りをきれいにしておくため手切れ金代わりにあの店を母親に買い与えたのだ。

もちろん、母親は息子のミチルにも世間にも、自分がホステスをして一生懸命貯《た》めた金を頭金にして手に入れた店だと言い張っていた。信じている者はいなかったが、まだ十歳になるかならないかのミチルまでがそんな彼女の言葉を信じていないとは思っていなかっただろう。

隠せば隠すほど、人に知られたくない秘密は漏れる。そう思ったとき、一瞬ミチルは自分自身のことを考えた。本当の自分を隠し続けているミチルだが、それもいずれは峰原や一行が知ることになるのだろうか。あるいは、すでに彼らは本当のミチルを知っているのだろうか。

不安が心を過《よ》ぎったとき、それを阻《はば》むようなタイミングで一行がミチルの体を強く抱き締める。

「父さんのことは恨んでいないよ。今となってはミチルを援助して大学に通わせてくれたことに感謝している。でなけりゃ、俺はミチルに会えなかった。それに、ミチルのつき合っている相手が父さんでなければ、俺はこうしてミチルを抱くこともできなかったかもしれない」

峰原から経済的援助を受けていたことはずっと一行に言えずにいた。だが、真実を知っても彼はミチルと峰原の関係を軽蔑《けいべつ》することはなかった。安堵《あんど》はしたけれど、一行がそれを認めたことで彼らとミチルの関係はますます断ち切ることのできない深みにはまったような気もしていた。

「ただ、ちょっと悔しくはある。俺は絶対に父さんには勝てないんだろうな。ミチルをどんなに独り占めしたいと思ってもできそうになくて、それが歯がゆくなるんだ」

だから、もし叶うなら卒業後には一緒に暮らしたいと一行は言った。峰原との関係はそのままに、二人で生活をともにして社会人としてのスタートを切るのもよくないかと誘う。だが、ミチルには誰かと生活をともにする自分が想像できない。

峰原の部屋にいても、一行と夜通し一緒にいても、それはミチルであってミチルでない。本当の自分はあの何もない部屋にいるときの、虚空《こくう》を見つめて何も心に持たない自分なのだ。そんな姿を人に見られるのは耐えられない。

一行には曖昧《あいまい》に「考えておくよ」と言って、目を閉じる。でも、それはけっしてできやしないこと。また期待だけを持たせて、自分はずるい真似《まね》をしているのだろうか。ミチルはこんな自分もやっぱり嫌いだった。

「なかなかよくまとまっているね。切り口は『ゾルゲ事件』だが、大東亜戦争をよく精査しているると思うし、コミンテルンに関しての新しい見解もなかなかおもしろい。資料もいいものを揃《そろ》えたじゃないか」

ミチルの卒業論文に目を通して、峰原は大いに満足そうに言った。峰原の太鼓判をもらい、これで自信を持って提出できるとミチルも安堵した。

「資料は先生に協力していただいたおかげです」

高価な本を買ってもらったり、峰原の大学の図書館が秘蔵している資料を彼の名義で借り出してもらい、許可をもらってコピーをとらせてもらったりもした。おかげで、一学生の卒業論文の資料としてはかなり充実したものになっていると思う。

提出期限は今年中だが、峰原からのお墨付きをもらい来週にでも提出してしまう予定だった。単位も足りているし、あとは年明けの最終試験を受ければ卒業を待つだけだ。時間に余裕のできた最近では、塾の講師のバイト以外に家庭教師のバイトもしている。少しでも貯金をしておけば、社会人生活を始めたときに必要なものを買い揃えたりもできるから。

「言っただろう。わたしは君が卒業してもちゃんと私生活の面倒は見るつもりだよ。必要なものがあれば、遠慮《えんりょ》しないでねだればいい」

「いえ、さすがにそこまでは……」

これ以上は経済的な負担はかけられないし、かけたくなかった。この体以外の見返りもなく、ずいぶんよくしてもらった。だから、卒業後も峰原の研究に手助けが必要なら喜んで資料整理や、原稿の清書などもすると言った。

「本当ならわたしのそばで研究を続けてもらいたいけれど、それを言うと園田《そのだ》教授に申し訳ないしね。なかなかもどかしいところだ」

ちょっと困ったように呟くのは、園田もまたミチルに大学院への進学を勧めてくれていたのを知っているからだ。母校の園田の誘いを断ったのは、あくまでも経済的な問題だった。それなのに、他校の峰原の元で院に進み学ぶのはいささか気の引ける話だ。

「そのことはもう自分では納得していますから。四年間、先生のおかげで存分に学べました。就職先も自分にしてみれば充分な企業です。これからは市井の一研究者として励みますから」

ミチルが見てもらった論文を揃えてファイルに閉じていると、峰原が思い立ったようにたずねる。

「ところで、近頃は一行と会っているのかい？　彼も卒論はちゃんと進んでいるのかな？」

どうやら二人はまたあれから会う機会がないようで、互いの近況は知らないらしい。一行はときどきメールを送っていると言っていたが、自分の学業のことは学科が違っているのであまり語っていないのだろう。

「卒論は、『磁気センサの高周波特性』に関する何かだと言っていましたよ。僕にはさっぱりですけど、彼の義父の会社の電子部品に関係しているとか。将来のことを考えてのことだと思います」

「そうか。ちゃんとやっているならいい。自分の息子が電子工学というのは、ちょっと不思議な気もするがね」

素っ気無く言いながらも、一行の近況を聞くのは嬉しいらしい。

「理系とはいっても、彼は歴史にも相当詳しいですよ。僕も驚くほどの読書量です。先生の影響でしょうが、特に日本史の考察は鋭くておもしろい。話していて飽きません」

「そうか。じゃ、今度親子で歴史談義でもしてみるか。もっとも、一行が鬱陶《うっとう》しがらなければの話だがね」

本当に気軽にそうできたらいいのにと思う。長い間会えずにいただけに、二人ともうまく接する術《すべ》を模索しているのだろう。

「それで、一行に会っているなら、抱かれてもいるんだろう?」

急に話題が変わって、ミチルが内心ドキッとする。峰原は愛用のリーディンググラスを外してリビングのデスクの上に置くと、ソファに座るミチルのそばへやってきた。そして、ミチルの柔らかい巻き癖のある髪に手を入れてはすくようにして、微笑《ほほえ》みながらさらにたずねる。

「どうだい？　一行はいいかい？　ミチルを満足させてくれているかい？　何しろ若くて激しくて、君に夢中だ。君が無理をさせられていなければいいけれど」

「そ、そんなことはないです」

　赤裸々に答えるには抵抗があり思わず俯《うつむ》くミチルを見て、峰原はまた小さく笑う。

「一行に愛されて、君はまた少し色っぽくなったみたいだ。きっと淫《みだ》らな真似をされているんだろうな」

　そのとき、峰原の言葉に少しばかり棘《とげ》を感じたのは気のせいだろうか。落ち着かない気持ちとともにミチルが少し緊張した声で告げる。

「彼はとても優しいです。先生のように……」

　そう言ってからまた自分を恥じる。どちらにも媚《こ》びながら、バランスを取ろうとしているような計算高い言葉だ。そして、内心でうんざりしたように溜息を漏らしている。

（ああ、またずるいことを言ってる。こんな自分が嫌いなのに……）

　心の中に渦巻く嫌悪は、もう母親ではなく自分自身に向けられているのだ。自分は歳を重ねるごとに母よりも生き方が醜くなっていくような気がする。

　彼女はあんなに男に縋《すが》って生きていても、少なくとも男たちの愛を信じている。何度も何度も失敗を繰り返して、それでも男を信じることをやめない。それに比べて自分は求められていても、愛というものを心のどこかで信じていない。そんな自分は母よりも孤独なのかと思うと、己の哀れさに泣き叫びたい気持ちになる。違う、違うと否定する心が痛くなるくらいだ。

「優しくしてもらっているならいい。で、一行に抱かれるようになって、君の心はどう？　この先もあの子と一緒にいたいと思っているのかな？」

「それは、あの、僕には……」

なんて答えたらいいだろう。嘘《うそ》を言う気はない。言っても無駄だと思っているから。けれど、自分の本当の気持ちがわからない。確かなのは、峰原に抱かれるのがいやだと思ったことがないように、一行に抱かれるのもいやじゃないということ。けれど、それだけでこの先もずっと一緒にいられるなどと、安直に考えることはない。

ミチルは少し考えて自分の頭の中を整理すると、言葉を選びながら答える。

「彼は先生のように優しいけれど、ときどき不安になるんです」

「どうして？」

「彼には決められた将来があるでしょう。今はよくても、いずれはその問題にぶつかると思います。本人がよくても、周囲に迷惑がかかる。目を覚ますなら早いほうがいい。そのほうが彼のためだし、僕もそのほうがきっと辛くないと思うんです。身勝手かもしれないけれど……」

それは、一行に抱かれるようになってからミチルの中にずっとある戸惑い。彼が将来は義父の会社を継ぐ立場であることは、出会って間もなく聞いた。それは峰原も一行の専攻からして、考えなかったわけではないようだ。

「義理の父親の跡取りの件か。確かに、一行が跡を継げばその先の問題も考えざるを得ないだろうな」

一行が義父から会社を継いだように、自分も結婚して子どもを持ち、その子を三代目に育てる使命は当然のことながら背負うことになるだろう。

そして、それはけっして遠い将来の話ではない。三十までと考えてもあと七、八年。もしかしたら、ほんの二、三年先のことかもしれないのだ。それを思えば、どうしても彼との愛に無防備に溺《おぼ》れることはできやしない。

「彼の人生の妨げにはなりたくないんです。彼のことも好きだから……」

きれいごとかもしれないが、嘘でもない。傷つきたくない気持ちが半分と、残りの半分は彼のような真《ま》っ直《す》ぐな心根の人間を泥沼に陥《おとし》れたくはないと思っている。

こんな気持ちも全部、峰原には見透かされているだろうか。それでも、彼はどんなずるいミチルであっても求めてくれる。峰原は自分も過去に傷を持つ身だから、ミチルのつかみどころのない葛藤《かっとう》も受け入れることができるのだ。

今夜も優しい口づけから始まって、峰原がミチルを寝室へと誘う。

「ベッドに行こう。一行にどんなふうに愛されたか教えてくれるかい。それに、君がどんなふうに感じたのかも知りたい。わたしが抱くようになってから、ずっと君はわたしだけのものだった。けれど、今は息子とはいえ他の男に抱かれている。少しばかり嫉妬《しっと》してしまうのは仕方ないと思わないか？」

自分の心の狭さを自嘲《じちょう》気味に言って笑ってみせるが、峰原はミチルにとって充分に大きな存在だ。

「僕はいつだって先生のことを一番に思っています。カズユキのことも好きです。でも、先生以上の存在ではないから……」

「そうだね。今はまだわたしのほうに分があるだろうな。けれど、この先はどうなるかわからないからね」

どうにもなるわけがない。そう思っているのはミチルだけだろうか。

それでも、峰原の寝室に入るときに心のざわめきが以前とは違うのを感じていた。二つの愛に翻弄《ほんろう》されている自分が怖くて、微《かす》かに震えてしまう。

この先にあるのは破滅でないとは誰《だれ》にも言えない。父と息子に同時に求められ、背徳的な愛に溺れたあげくどこへも行けなくなり、一人に戻って泣いて泣いて、やがて心が壊れてしまう。そんな自分を考えただけでも恐ろしいのに、峰原の手を離すことができない。一行のことも突き放せない。

ベッドで横たわり、峰原がいつものように体を重ねてくる。

「ああ、こんなところに跡ができている。一行はまだ君の体をよくわかっていないようだ。あれほど、優しくするように言ったのに」

そう言うと、峰原は裸にしたミチルの体の隅々まで確認していく。鎖骨から脇《わき》の下、胸元から股間《こかん》、内腿《うちもも》から脹脛《ふくらはぎ》まで、体の白く柔らかい部分を丹念に指先でなぞっていくのがわかる。

「ああ……っ、せ、先生……」

優しく撫《な》でられるだけではもどかしい。もっと強い刺激がほしいけれど、それをなかなか言葉にできず身悶《みもだ》えていると、峰原はミチルに言う。

「うつ伏せになってごらん。どんな跡が残っているか背中も確認しておかないとね。それで、一行に愛されて君はどんなふうに乱れたんだ？」

峰原の手で促され、拒むこともできずうつ伏せたミチルは震えて唇を噛み締める。一行に抱かれたときの自分を口にすることなどできやしない。淫らな自分はいやというほど知られているのに、それを自分で言葉にしたら何か怖いことが起こる気がしているからだ。

息子の一行に嫉妬しているという峰原の言葉が本気だと思わないけれど、それを理由に彼一流の遊びが始まるかもしれない。どんなやり方でも峰原のすることなら、ミチルはずっと耐えられると思っていた。彼がミチルを傷つけることなどけっしてないとわかっていたから。

けれど、他の誰かに抱かれた自分に対する態度がどうなるか、想像したことがなかったのだ。それも、ミチルが抱かれているのは彼の息子だ。公認のこととはいえ、人の気持ちは言葉どおりではないことくらい知っている。

母親の恋仲になった男たちは「愛しているよ」、「おまえだけだよ」と言いながら、他の女を抱いていた。甘い言葉が嘘だと気づき泣き叫ぶ母親に向かって、「俺を信じろよ」、「噂《うわさ》なんか信じるな」と言って宥《なだ》めていたくせに、数ヶ月もしたら彼女の元を去り他の女のところへ行ってしまう。

何度も繰り返される嘘と泥沼を見てきたミチルは、子どものときから思っていたものだ。愛について語るときの人の言葉ほどいい加減なものはないと。それは、自分の気持ちではコントロールできないままに口をついて出るもので、たいていは信用したほうが辛い思いをするのだ。

峰原や一行を母親の恋人だった男たちと同じように考えるつもりはないが、ミチルはどうしても愛というものが信じられない。

「大丈夫だよ。わかっているだろう。わたしは君を傷つけない。君をとても大切にしているんだ」

経験はなくても母親を見て身に染みていることなのに、峰原の言葉を聞くとミチルの心は柔らかい砂の城のように簡単に崩れ落ちていく。信じていなくても、体は快感に負けるし、心は優しい言葉になびく。

峰原の指先が今度はうなじから背筋を下っていき、腰から双丘を割って隠れている窄《すぼ》まりを確認している。

「ああ、やっぱり乱暴にしている。可哀想に、ここが少し腫《は》れているよ。困った奴《やつ》だな」

そう言ったかと思うと、峰原はミチルのそこに舌を伸ばしてくる。

「あひぁ……っ。い、いやっ、せ、先生……っ、そこは……っ」

「じっとしていなさい。充分に濡《ぬ》らしておいてあげるから。でないと、あとで入れるときにミチルが泣くことになるよ。わかっているだろう」

わかっているけれど、唇と舌でなく潤滑剤《じゅんかつざい》をつけた指ですればいいことだ。

「もちろん、指でもあとでたっぷりしてあげよう。君は本当は前よりもここが一番好きだろう。一人でするときも後ろをいじるのかな？　あまり淫らな声を出したら、隣の部屋の人が驚くんじゃないか」

峰原はミチルの住んでいる安アパートを知っているので、そんなことを言ってからかう。けれど、ミチルはそれに拗《す》ねたり、文句を言ったりする余裕もない。

峰原はひたすら淫靡《いんび》に愛撫を続け、ミチルはあられもない声を上げ続ける。抱かれているとと何も考えられなくなる。愛を知らない惨《みじ》めな自分を忘れ、どうすることもできない孤独な現実から遠ざかっていることができる。

峰原が求めてくれれば、そこにはミチルの知らない「愛」に似たものがあるような気がして、少しだけ幸せを味わうことができる。それが偽物でも、思い込みでも、こんな自分の存在を受け入れて受けとめて、すべてを包み込んでくれる温《ぬく》もりに安堵する。

「さぁ、もういいだろう。ミチルの中でいかせてもらうよ」

そう言うと、峰原は自分自身の準備を整える。そして、ミチルの背後から体を重ねてくると、後ろの窄まりにゆっくりとそれを押し込んでくる。慣れた形や硬さや太さは何度も何度も自分を満たしてきてくれたもの。けっして自分を傷つけないもの。今一度、そう自分に言い聞かせて、ミチルは体を開いて峰原を受け入れる。

「ああ……っ、んぁっ、んふ……っ」

淫らな声はこらえようとしても漏れる。

「ミチル……。君はどうして何も信じようとしないんだい？　可哀想な子だね。こんなにも愛しているのに。一行だって、君を愛しているんだよ」

体の最奥へと自分自身を押し進めながら言った峰原の言葉に、ハッとしてミチルが顔だけで振り向こうとした。けれど、いつになく激しく峰原がそこを突いたので、思わず背中を仰《の》け反《ぞ》らせてシーツに顔を埋《うず》めて喘ぐ。

「先生……っ、僕は……、僕は……っ」

身を捩《よじ》るミチルを片手で押さえながら、峰原が自分自身で抜き差しを始める。少し腫れているそこに負担がないようにと、いつもよりもたくさん使われた潤滑剤が淫らな音を響かせ

ている。

「わかるかい？　こうして体を繋げながら、ちゃんと心も繋いでいるんだよ。それは何もおかしなことじゃない。目に見えるものだけが真実じゃない。けれど、目に見えるものも信じない君は臆病《おくびょう》すぎるということだ」

峰原はミチルの頑《かたく》な心を言葉で諭《さと》して開こうとする。臆病すぎるとわかっていても、どうすることもできない。縮こまった心は未《いま》だに殻に閉じこもったままで、外に出るのが怖いと震える。

その夜、ミチルは峰原に抱かれながら泣いた。それはいつものように、快感と絶頂に泣いていたのではない。現実に向き合おうとしない弱さを叱《しか》られて、悲しさと情けなさで泣いたのだ。子どものようにメソメソといつまでも嗚咽《おえつ》を漏らし、自分の手の甲で涙を拭うミチルを、峰原はそっと抱き締めてくれていた。

そして、やがてミチルが泣きやむと、峰原は濡れた頬《ほお》をそっと指先で撫でながら言う。

「ミチル、卒業したらわたしのところへきなさい。君と一緒に暮らしたいんだ。もちろん、これからも君は自由だし、一行と恋愛するのも止めはしないよ。ただ、わたしは自分の時間の許すかぎり、君をそばで見守っていたい」

「先生、でも……」

自分の人生をこの先も、峰原の人生と重ね合わせていってもいいのだろうか。峰原が心のどこかで、人の愛を受けとめることのできないミチルを哀れんでいることはわかっている。そんなミチルを捨てておけないという思いからなら、それに縋ることはできない。だが、峰原はそうじゃないとミチルを諭す。

「これまで君が卒業したのちのことはあえて話さないでいた。君が不安に思っていることもわかっていたけれど、それを口にするべきかどうかわたし自身に迷いがあった」

　もちろん、ミチルは自分が峰原と人生をともにするのに相応しい人間だとは思っていない。峰原が迷う気持ちは充分に理解できる。ところが、峰原の迷いはミチルが考えているものとは違っていた。

「わたしは君よりも二十以上も年上だ。今はまだいいけれど、将来のことを思えば君を自分のそばに縛りつけておくことが許されるだろうかと何度も考えたんだ」

　峰原は若い頃に気ままをしてきたツケは、自分自身で払うと覚悟していたという。家族を幸せにできず一人で生きることを選んだのだから、年老いていくとき誰かにそばにいてほしいというわがままを言うつもりもない。ましてや、それをミチルに強《し》いるようなことになってはならない。それならば、大学卒業とともにミチルとの関係にけじめをつけるべきだと考えていたようだ。

　思いもしなかった峰原の葛藤を聞かされて、ミチルはまだ濡れたままの睫《まつげ》を何度もしばたたかせていた。

「一行と君はようやく恋愛を始めたばかりだ。たまたまわたしの息子だったことは、この際重要じゃない。ミチルが一行と一緒になって幸せになれるなら、もちろんそれはそれで父親として庇護者《ひごしゃ》として二人を見守ればいいと思う。けれど、君の心はまだ殻の中だ。わたしにも一行にも見せていない君がいて、今のままでは君たちはきっとどこかですれ違い、もしかしたら傷つけ合ってしまうかもしれない」

峰原はそれを案じているという。ミチルにはあまりにも思い当たることがありすぎた。一行に同居を誘われ、できないとわかっていることに曖昧な返事をしてしまった。そういうことを重ねていけば、いずれ自分たちの間に溝ができていくことは容易に想像できる。そして、それはミチルが心を閉ざし、愛を信じず、愛され方を知らないからだと峰原は考えている。

「わたしはまだ君にしてあげられることがあると思う。それは君に対してだけでなく、一行に対してもだ。けれど、本音を言えばやっぱり君を手放したくないということだ。君がどんなに殻の中に閉じこもっていようとも、わたしは君が愛しいんだよ。愛しくて仕方がない。愛することも愛されることも、けっして怯えるようなことではないよ。それを教えてあげられたらと思う。だから、そのチャンスをわたしにくれないだろうか。そして、今しばらくはわたしのそばにいてくれないか？」

「先生……」

すっかり乾いてしまった頬に峰原の優しい指先が触れるのを感じながら、ミチルは新たな涙をこぼした。

「いいかい、これはわたしの願いで頼みだ。だから、叶えてくれるととても嬉しいよ」

差し出された手をどうやってつかめばいいのだろう。どうしたらこの硬い殻から出ていくことができるのかわからない。どうしたら愛を信じられるのかわからない。

傷つくことから逃げるのをやめようとしてもできない。それは物が飛んでくるのと同時に両手で顔を覆ってしまう本能にも似ている。臆病な自分を自分自身がこんなにも嫌っているのに、それでも愛しいと言ってくれる人がいる。

ミチルの心は柔らかい真綿で包まれていながら、それでもそれがあるとき荊《いばら》のようになって自分を突き刺すのではないかと怯え続けているのだ。

◆◆

「どう？　卒業後の同居のこと考えてくれた？」

一行とカフェテリアで一緒にランチを摂っていると、会話の途切れ目にそう訊かれた。近頃は顔を合わせれば必ずそのことを確認される。そして、その都度ミチルは曖昧に笑って「まだ決められなくて……」と答えるばかりだ。

彼が「同棲」と言わず「同居」というところに気遣いを感じている。もちろん、峰原の手前もあるだろうし、ミチルが身構えないように言葉を選んでいるのもあるだろう。

冬休暇も終わり、大学卒業まであと数ヶ月。先日、峰原からもあらためて正式に誘いがあった。卒業したら自分の部屋で一緒に生活をすればいいという。もちろん、社会人になって充分に稼げるようになったのち、独立したければそれは止めないしミチルの意思を尊重してくれるという。

以前、一行はミチルが卒業後は峰原と同居すると思っていたらしいが、あのときはそんな話は具体的になっておらず否定していた。けれど、今となっては峰原と一行の双方から同居を誘われている状態だ。そんな二人の間で優柔不断なままでいるミチルに、二人はじょじょにそれぞれの意思を強く訴えるようになっていた。

一行は数年ぶりに父親と思わぬタイミングで再会したとき、「父」というよりもミチルのつき合っている相手として意識したという。

ミチルに必要なものを、金銭であれ愛情であれ充分に与えてやれるだけの包容力がある大人の男。そんな大人の男に勝てないと痛感しながらも諦められずにいたら、峰原は父としての立場で覚悟があるならミチルと恋愛するのはかまわないと勧めてくれた。

峰原に背中を押されてようやく成就した想いだから、ミチルを独占したいとは言えない。

ミチルの心はまだ峰原にあって、一行にしてみればようやくその手を握ったばかり。最初のうちはそう考えていたものの、体を重ねる回数が増えるにつれて彼の気持ちも変化してきたようだ。

同じ歳の自分のそばにいるほうが周囲から見てもより自然だし、これからのことも歩調を合わせて一緒に考えていけばいいと言う。

「この間も言ったけれど、俺が実家の企業を継ぐとかそういうのは心配しなくていいから。まだまだ先の話だし、必ずしもそうしろと言われているわけじゃない。だいたい、俺は実の息子でもないんだ。よしんば継いだところで、俺の私生活や恋愛とは関係のない話だから」

何度も同居の話を誘われているうちに、ミチルはつい彼の将来について案じていると正直に口にしてしまった。会社を継げば、当然のように結婚や跡取りを望まれる。そんなときミチルがそばにいては、一行の重荷になる。

卒業後、二、三年は義父の知人の経営する企業で社会勉強を兼ねて勤めるというが、その期間を終える頃にはもっと跡継ぎの話が具体的になっているはずだ。そのときになって自分たちの関係を清算するというのは、少なからずどちらにも痛みの伴う話になってしまうだろう。

それでも、一行は跡継ぎ問題がミチルとの関係に大きな影を落とすことはないと明言する。そんな彼の気持ちを素直に受けとめられればいいと思う。それができれば、ミチルはこんなふうに恋愛の迷路をさまよっていることもなかっただろう。

（でも、どうしてもできないんだ……）

一行は気づいているのかどうかわからないが、峰原の言うようにミチルの心は殻の中に閉じこもったままなのだろう。

地元を離れ、母親から距離を置き、四年近く一人の生活をしてきた。それでもまだミチルは自分が目《ま》の当たりにしてきた母親の姿に縛られている。あの呪縛《じゅばく》からはどうしても逃れることができない。

母であっても愚かな女なのだと割り切っていながら、自分の中に彼女と同じ血が流れていることをひしひしと感じるときがある。峰原に縋ってきたことも、一行との関係から抜け出せなくなっていることも、結局は意志の弱さとこの性《さが》のせいだ。母親が「男好きの尻軽女」なら、ミチルは「男好きで淫らな男」なんだろう。

ただ、こうなったのは母親のせいだと彼女をなじる気はない。すべては自分自身の問題だと思っている。ミチルにとってのトラウマは、母親が男に縋ってしか生きていけないというその姿なのだ。それは、明日の自分の姿かもしれない。そう思うと、ミチルは愛からこの身を遠ざけたくなる。なのに、心が弱く淫らな自分は、峰原のそばを離れることもできず、ひたすらその愛に溺れるまいとして生きてきた。

ただ、卒業後のことは峰原とも具体的に話題にしたことはなく、彼がどうするつもりでいるのかずっとわからずにいた。どんなに峰原のそばにいたいと願っていても、それを自分から訴えることはできなかったし、峰原の気持ちを確かめるのも怖かった。

いずれにしろ社会人になれば経済的援助の必要もなくなり、それが一つの区切りになるだろう。だったら、その後は世話になった恩師と市井《しせい》の研究家という関係だけが残ればいいと思っていた。

ところが、峰原は一行と再会してからというもの、息子の恋愛を後押ししながらもミチルを手放すつもりはないと言った。そればかりか、ここにきて卒業後には峰原の部屋で暮らせばいいと言う。

これまでも同居の誘いは何度か受けていたのは事実だ。ミチルのアパートに送ってくるたび、生活にも通学にも不便だろうと案じてくれていた。けれど、それはあくまでも提案であって、ミチルの意思を第一に考えて無理強いをするようなことはなかった。

だが、先日の言葉は違っていた。峰原はそれが彼の「願い」であり「頼み」だと言った。その言葉の重みをミチルは確かに感じている。

若いミチルを、老いていく自分のそばに縛りつけておく権利はないと思っている。だが、まだミチルにしてあげられることがあると思うからそばにいてほしいという。そして、それが一行のためにもなると彼は考えているのだ。

けれど、ミチルの心に強く残っているのは、何よりも彼の本音だった。こんなミチルでもなお愛しいと言ってくれる。心が殻に閉じこもったままであっても愛しい。そんなミチルを外へ出してやりたいと彼は言った。愛することも愛されることも、けっして怯えるようなことではないのだと教えたいというのだ。

ミチルもそれを知りたいと切実に思う。この先の人生もずっと自分を嫌ったまま生きていくのは辛い。殻の中は安全かもしれないけれど、いつも寒くて震えているばかりなのだ。

『君には選ぶ権利がある。わたしには引き止める権利はない。去っていくかもしれない君にわたしが怯えていないと思うかい？　人はみんな怯えながら生きているんだよ。君だけじゃない』

最後に彼はそうつけ加えた。あの言葉で硬い殻に小さなヒビができたような気がした。それをミチルが中から叩いて殻を割れるのかどうか、誰に試されているわけでもない。これは自分自身の問題だ。

「ああ、そうだ。今度父さんと一緒に三人で食事しようか。少し早いけれど、卒業のお祝いをしてくれるって言っていたから。それで、そのときに同居の件も相談してみようよ」

峰原のことを考えていると一行がそんなことを口にして、ミチルがハッとしたように顔を上げる。もし峰原と暮らすことを決めれば、一行は傷つくだろう。それでも、「父さんと暮らすなら仕方がないな」と言いながら、きっと寂しそうに笑うのだ。

自分のような人間にまともな恋愛ができるわけがないと思っていた。なのに、真っ直ぐに恋心を告白し、誠実にミチルの気持ちを大事にしてくれる一行の存在は眩《まぶ》しいくらいだった。そんな彼とも大学卒業を機に自然と距離ができると思っていたのに、今となっては複雑に糸が絡まってしまった。

峰原と一行、二人の気持ちを知っていながらミチルの心は揺れる。一行に抱かれれば初めてのまともな恋愛に心が浮き立つ。峰原に抱かれれば守られ包まれていることに安堵する。どちらの腕の中にいても心地いいけれど、このまま両方の腕の中にいることが許されるのだろうか。

愛を望んではいけないと思い続けてきたのに、彼らとの出会いがミチルを少しずつ変えてしまった。歪《いびつ》さは回りのすべてをもゆがめていく。それはミチルが望むことではない。頭でわかっているけれど、今はただ二人の男が恋しいと心と体が震えてしまうのだ。

大学四年の後期の最終試験がすべて終わった。あとは結果を待つだけで、講義もほとんどが単位の足りていない連中を対象にして行われているようなものだった。

卒業までバイトをして過ごしていてもよかったのだが、ミチルはふと思い立って故郷に戻ることにした。十八の春に東京に出てきてからというもの、地元に戻ったのはたった二度だ。

一度はバイトのために必要な公的な書類を市役所で取るついでに、母親の様子を見に戻った。二度目はミチルが幼少の頃によく子守りをしてくれていた近所のお婆《ばあ》さんが亡くなったと聞いて、葬式に顔を出すためだった。どちらも一泊だけして東京へとんぼ返りした。ミチルにとっては変わらない地元と母親を確認しただけの帰省で、冷たい息子だと自分でも思う。そして、今回は無事に卒業できるだろうという報告と、就職したらまたしばらくは帰省できないだろうから顔見せという名目だ。

その日もバイトがあったため夕方の新幹線に乗り、在来線を乗り継いで自宅の最寄駅に着いたら時刻はすでに夜の九時近くになっていた。ロータリーに停まっている飲み屋帰りの客待ちのタクシーを横目に、駅前のシャッターが下りた商店街を抜けていく。その先の角を曲がるとこの町唯一の飲み屋通りがある。こんな時代でもまだ生き残っている店はあるもので、母親のスナックの看板も相変わらずライトを灯《とも》している。

発展や開発などとは無縁で、風の流れさえ止まった町でも、どこへも行く場所がない人間はここで生きていくしかない。もちろん、母親もそんな人間の一人だ。

店の前に立って、ミチルは小さな吐息を漏らした。母親には東京駅から電車に乗るときに電話を入れておいた。到着時間を告げたら、まだ仕事の最中だから店のほうにくるように言われた。

子どもの頃は何も考えずこの赤い扉を押して開いていたのに、二十歳を超えた今になってみれば安っぽく扇情的《せんじょうてき》な赤い扉を押すことにひどく抵抗を感じる。

片方の肩にかけていたデイパックの紐《ひも》を握り締めてからドアノブをつかんだときだった。中から扉が引かれて、母親が顔を出した。

「やだぁ、ミチル。遅かったじゃないの。心配して駅まで様子を見にいこうとしていたところよ」

そう言ってミチルの腕をつかみ、店の中へと招き入れる。

「ねぇ、ほらほら、息子が帰ってきたのよぉ。大学を卒業してね、東京で就職すんの。自慢の息子なのよ。あっ、浅野《あさの》さん、覚えてるわよね。小さいときよくパチンコの景品とかくれてたもんね」

母親はそんなことを話しながら、店の中にいた数人の客にミチルを紹介して回る。紹介しているというより、見せびらかしているような感覚なのだろう。甘ったるい口調で自慢する言葉を並べ立てる彼女からは、香水とともに酒の匂いが漂ってくる。

もともとあまり老け込まないタイプの人だったが、四十代半ばになっても相変わらず色白の肌に華奢《きゃしゃ》な体をして、くっきりした目鼻立ちが化粧で強調されているので見ようによっては愛らしくもある。

まだそれほど遅い時間でもないのに客よりも酔っていて、それでミチルを迎えに駅まで行こうとしていたという。店は一人で切り盛りしているくせに、客を放り出してそんなことをしても許されるのは、地方の場末のスナックだからだ。どうせ客も皆が顔見知りで、飲み代をごまかすような者もいない。

「へぇ、あの小さかったミチルちゃんか。なんかすっかり大人だなぁ。それにますます亜季《あき》絵《え》ちゃんに似てきたじゃないか。女でないのが惜しいね」

浅野という男はミチルが小学校の頃からの常連だ。地元で小さな印刷会社を経営しているが、けっして働き者とは言えない人間で、会社は実質奥さんと従業員がやっているようなものだ。彼は名前ばかりの社長で、趣味のパチンコで稼いでいる金のほうが給料より多いと自分で言って笑っているような男だった。

ミチルが小さく頭を下げて、母親に促されるままにカウンターの隅の席に座る。

「ねぇ、お腹《なか》減ってんじゃないの？　ちょっと待ってね。今なんか作ってあげる」

「なんかって、どうせナポリタンだろう。亜季絵ちゃんの『なんか』はそうってきまってる」

浅野が言うと、他の客も酔いにまかせてゲラゲラ笑う。ミチルもそれくらいわかっている。子どもの頃から何度も食べてきたものだ。

「で、ミチルちゃん、東京で就職すんのか？　やっぱり大学出てるといい就職口があんのか？うちの孫も東京行くってごねてんだけどよ、頭もよくねぇし、勉強嫌いだし、どう考えても無理だと思うけどなぁ」

「だから、おたくんちの孫は『東京』へ行くって言ってんだよ。『大学』へ行くとは言ってねぇだろ」

「そうそう。西《にし》さんちの坊主はギター弾きじゃなくて、なんだっけ？　そうだ、ミュージシャンになりたいってんだろ。大学は関係ねぇよ」

「だから、そのミュージシャンってのが無理だってぇの。どうせ失敗して金使い果たして、スゴスゴ帰ってくんのが関の山だ」

「いいじゃないの。失敗しても無一文になっても、人間死にやしないんだ。地元に戻ってくりゃ、何してでも喰《く》っていけんだから、若いうちは遊ばしてやれよ」

こういう子どもや孫の話題は昔から変わらない。この店にくる連中は、まずは不景気の愚《ぐ》痴《ち》に始まり、次に仕事の愚痴を言い、最後に家庭の愚痴を言ってから、やがては子どもや孫の話でいつまでも飽きることなく酒が飲めるのだ。

ひとしきり、東京の大学生活や春から就職する企業の話などあれこれ聞かれて、ミチルが適当に答えている間に母親の作ったナポリタンがカウンターに置かれた。

「はい、サービスで大盛り。ミチルはキノコが嫌いだからマッシュルームは抜いておいたからね」

ミチルにとって郷愁を誘う食べ物といえば、多分これだろう。ケチャップの赤いギトギトとした色合いを見て、この町で過ごした幼少の頃を思い出す。

ちなみに、子どもの頃は水煮のマッシュルームの食感が苦手で、全部皿の横に避《よ》けてから食べていた。それを見た母親は、キノコ全般が嫌いなのだろうと決めつけて、家でもいっさいキノコを料理しなくなった。

だが、東京に出てからは峰原と外食したり、彼の部屋で一緒に料理をしたりしているうちに、マッシュルームの水煮だけが苦手なのだとわかった。それ以外のものは調理方法を問わず、普通に食べることができる。そんな誤解も解かないまま四年が過ぎていて、母子でありながら二人の間にまた距離を感じる。

いつか峰原に言った、地元の母親以上に峰原を身近に感じるという言葉は嘘ではない。母親とミチルの距離はとても遠いのに、血だけがあまりにも近い。

「もうキノコも食べられるんだけどね……」

ミチルはフォークを手にして、ボソリと言ってみた。

「ええーっ、そうなの？　あんた、東京で本当に大人になったのねぇ」

苦手だったものが食べられるようになっただけで、大人になったと感心する母の言葉に、客たちが大笑いしている。酒を飲んでいるだけで、そんなにこの世の憂さを忘れて笑っていられるものだろうか。ミチルは酔うほどに酒を飲まないのでわからない。

「それで、ミチルちゃん、彼女はできたのかよ？　東京の女ってのは積極的なんじゃないのか？　ミチルちゃんなんか晩生《おくて》そうだから、遊ばれちゃってないか？」

名前がすぐに思い出せなかったが、やっぱりミチルが子どもの頃からの馴染《なじ》みの客が酔っ払い独特のだらしない口調でたずねる。

「ちょっと、やめてよ。この子はあたしと違って堅いのよ。高校のときだって本ばっかり読んでてさ、浮いた話なんか全然なかったんだから。あっ、でも、女の子からラブレターはけっこうもらってたわよね？」

「さぁ、どうだったかな……」

母親にそんなことを自慢げに言われて、相槌《あいづち》を求められても困る。確かに手紙をもらったり、メールや電話があったのは事実だ。だが、当時からすでに女の子に興味のなかったミチルは、素っ気無い断り方をしてたいていそのあとに悪口を言われていた。

楽しい思い出でもないのでミチルが黙々とナポリタンを食べていると、また母親が余計なことを思い出す。

「ああっ、そういえばさ、この子ったら、こんな顔じゃない。男の子からもよく誘われていたのよ」

「ミチルちゃん、子どものときは本当に女の子みたいに可愛かったもんな。細っこくて、髪の毛がフワフワでさ、半ズボン穿《は》いてても後ろから見たら女の子に見間違えたもんだ」

「そうなのよ。だから、何回も変なオヤジに連れていかれそうになったりして、けっこう大変だったんだから」

母親が酔っ払った勢いで話を大げさに言うので、ミチルがたまらず言葉を挟む。

「一回だけだろ。それも酔っ払いの悪ふざけだったんだから」

ミチルが話題に水を差すと、母親は子どものようにふくれっ面をしてみせる。本当は母親には話していないが、学校帰りに男に声をかけられ連れ回されたり、人目のない場所で悪戯《いたずら》まがいのことをされたことは何度かあった。けれど、そんなことはミチルにとって忘れてしまいたい出来事でしかなくて、例の店の客の一件にしても、酒のツマミ代わりにされるのは愉快なことではなかった。

「ミチルが就職したら、母さんも一度東京へ行ってみようかな。ずっと若い頃に何度か行ったことがあるんだけどね。もう二十年以上前だから、どんなふうに変わってるんだろう」

いつだって男がいて、この町に根が生えたようにどこへも行かない母親だ。口だけのことはわかっていても、母親が上京してくることを想像しただけでミチルは気が重くなる。峰原や一行が彼女を見たらどんな印象を抱《いだ》くのだろう。できれば、そんな事態にならないよう祈るばかりだ。

その夜はミチルが帰ってきたから店は早仕舞いだと決めて、母親は適当な時間で客を帰してしまう。客のほうも久しぶりの親子水入らずだからと気を利かせて、さっさと席を立ってコートを羽織り支払いを済ませ帰っていく。

母親が彼らを見送りに店の外に出ていくと、ミチルはカウンターの片付けを始める。店の手伝いは中学に上がった頃にはもう当たり前のようにやっていた。カウンターのグラスを全部トレイに載せて、おしぼりやツマミの小皿などを重ねているときだった。

忘れものをしたという浅野が一人店の中に戻ってきて、カウンターの奥にあった携帯電話を見つけると、それをポケットに入れながらミチルに声をかける。

「ミチルちゃん、よく帰ってきてくれたよ。亜季絵ちゃんさ、ものすごい楽しみしてたんだぞ。夕方に電話があったって言って、もう何度も店の外に様子を見に出ちゃってさ」

「そうなんですか？」

久しぶりなのは事実だが、そこまで待ち望まれているとも思っていなかった。むしろ、男を引き込んでいるだろう家にいきなりミチルが帰ってきたら迷惑なんじゃないかと思っていた。

「亜季絵ちゃんはああ見えて、ミチルちゃんのことが自慢でさ。息子は東京でいい大学に行って、難しい勉強してて、自分の子とは思えないくらいすごいんだってね」

名前は通っているが、べつに国立大学とかではない。それに、難しい勉強といっても就職に役に立つわけでもない近代史の勉強だ。ミチルにしてみれば、一行のように電子工学などを専攻している学生のほうがよっぽど難解なことを学んでいるように思っていた。

「まだ若くてきれいだけどさ、やっぱり年々心細くなるみたいでさ。これからはちょくちょく戻ってきてやりなよ。まぁ、仕事を始めたら時間を作るもの難しいだろうけど、母一人子一人なんだからさ」

「ええ、まぁ……」

浅野のように昔馴染みの客は母親の性格もよく知っている。彼女の情の深さや女としての弱さも知り尽くしていて、こうして店に飲みにきてくれるのだ。一人の男に入れ上げながらも、彼女は大勢の男に愛されている。

以前、峰原が独り暮らしのミチルの母親を案じてくれたとき、「支えてくれる人がいるので」と答えた。それは必ずしもつき合っている男ばかりではなく、店の常連たちのことでもあった。そういう意味では幸せな女性なのかもしれない。

その母親はまだ店の扉を開け放した状態で、外で客たちと別れ際の談笑をしている。

「それからさ、もう一つ……」

浅野はちょっと浮かない顔になったかと思うと、誰もいない店の中で声を潜める。ミチルが怪訝《けげん》な表情で片付けの手を止めて浅野を見る。

「ミチルちゃんには言っておいたほうがいいと思うんだけど、ちょっと気をつけたほうがいいよ」

「何がですか?」

浅野の言わんとしていることが本当にわからなかった。すると、浅野はつげ口みたいで気が引けるんだけどさと呟きながら、チラリと外で話している母親に視線をやる。

「亜季絵ちゃんが今つき合ってる男なんだけどね。あれはちょっとタチが悪い」

「でも、母さんのつき合う人って、いつもあんまりまともじゃないっていうか……」

息子の立場で言うのも情けない話だが、実際それは店の客連中もよく承知しているはずだ。

「そうなんだけど、今回ばかりはよくないね。どうも俺は好きになれなくてさ。とにかく、ミチルちゃんが帰ってきてくれたからよかったよ。亜季絵ちゃんのこと頼むよ」

「よくないって……、あっ、浅野さんっ」

ミチルはその男のことをもう少し詳しく聞こうと思ったが、浅野はコートの前を合わせてそそくさと店を出て行く。ミチルもそれ以上彼を呼び止めることはしなかった。

どうせ部屋に戻ればその男がいるに違いない。直接会えば、どういうふうによくない男なのかわかるだろう。それに、どんな男であれ、母親が惚れてしまえばどうしようもない。彼女は体ばかりか魂ごと男に預けてしまう。そんな愛し方しかできない女なのだ。息子のミチルの言葉など、店の客の忠告よりも耳を傾けることはないだろう。

店の外で浅野も見送ってから、母親が戻ってくるとあらためてミチルの顔を見て笑う。

「やれやれ、今日も一日、終わった、終わったー。さっさと片付けて、あたしたちも帰ろうか」

「あの、急に帰ってきて迷惑じゃなかったかな?」

ミチルがちょっと遠慮気味にたずねたのは、さっき浅野が話していた男のことが気になっていたからだ。

一緒に暮らしているなら、いきなり戻ってきた一人息子は邪魔者でしかないだろう。自分の家とはいえ、もうミチルの居場所はないと思っていたので、過去の二回の帰省も歓迎もされていない客の気分で、さっさと東京に戻ってしまった。

「なんでよぉ？　自分の家でしょうが。それより、なんか飲む？　もう大人なんだし、酒もいけるでしょう？」

「いいよ。あんまり好きじゃないんだ」

峰原は日本史の研究家だが、酒は洋酒のほうが好きで食事のときにはワインをよく開けているし、読書のときや寝酒にはスコッチを飲んでいる。ミチルもワインくらいならつき合うが、基本的に強くもないし好きでもない。飲めないわけではないが、母親の酔っただらしない姿をさんざん見てきているので、自分はあんなふうになりたくないという気持ちからアルコールを拒む気持ちが強いのだと思う。

「何よ、つき合い悪いわねぇ。それに、相変わらず暗い子ね。そんなんで東京で友達いるの？　彼女なんて絶対無理でしょ。だって、一緒にいても勉強のことばっかり話してんでしょう？　それじゃ、いくらあたしに似ていい男でももてるわけないわよねぇ」

自分の息子にずいぶんな言い草だが、おおよそそのとおりだから否定はしない。そして、つまらなさそうに自分だけグラスにバーボンを注いで飲み出した彼女を横目に、ミチルはせっせと流しで洗い物をする。

「あのさ、浅野さんが心配していたよ」

「ええ～、なんでよ？」

母親は後片付けをすっかりミチルにまかせて、だらしなくカウンターに頬杖をついて酒を飲みながら訊く。

「今つき合っている人ってどんな人なの？」

「ああ、そのことか。もう、浅野さんもおせっかいなんだからっ」

そう言うと、ケラケラと酔っ払い特有の笑い声を上げる。それから、もう一口酒を飲むと、ミチルに向かってニコリと笑顔を作ってみせる。それは普段なら男性に向けられるはずの作り笑顔だ。

彼女は縋る男がいなければ生きていけない生き物だから、男を引き寄せる術を自然と身につけている。ミチルにはむしろ嫌悪しか抱けない笑顔も、男が見れば愛らしく映るのだろう。四十代半ばになって若い頃の魔性の美貌《びぼう》はいささか色褪《いろあ》せてはきたものの、その分独特の甘い雰囲気が熟した果実の香りのように漂っている。

「古谷圭一《ふるやけいいち》っていうの。古い谷に、土が二つの圭に漢数字の一ね。圭一も東京からきたのよ。なんでもちょっと大きな仕事をしてまとまった金が入ったから、田舎でゆっくり落ち着ける場所を探しているんですって」

名前などどうでもいい。ただ、東京で大きな仕事とか、まとまった金と聞いただけでもなんだか怪しげな匂いがする。落ち着く先を探しながらこの町にきて、たまたま母親のスナックに立ち寄ったのが始まりだったらしい。

「本当はもっと北へ行くつもりだったのに、ここが気に入ったんだって。東京と違ってのんびりできるし、こうやって酒を飲める店もそこそこあるし。都会から遠すぎず、適度に田舎っていうの？　そういうのがいいんだってさ。それに、あたしのことも気になるからって……」

たまたま立ち寄った町でのスナックの女が気に入り、滞在を一日また一日と延ばしているうちに、すっかり居ついてしまったらしい。案《あん》の定《じょう》、母親はその古谷という男を家に連れ込み、今は同棲しているという。

「ああ、でも、気にしなくていいのよ。あの人、一週間のうち、二、三日しか帰ってこないから。仕事の関係でね、ちょくちょく隣町に行ってるのよ」

「隣町？　あんなところに何しに？」

隣町といえば、車で一時間足らずで、公共の交通機関はバスくらいしかない場所だ。そんな僻地《へきち》なので、三十年前に空港建設の計画が出たときもほとんど反対意見も出なかった。その空港は二十年前からずっと赤字続きで経営しているが、今でも国内線とアジアから飛んでくる便が数本あってかろうじて閉鎖の憂き目は見ていない。

「仕事って何している人なの？」

「ええ～、よく知らないけど、とにかく仕事よ。けっこう金回りがいいの。だって、一度も小遣いをねだられたこともないしね。反対にプレゼントもくれるし、洋服も靴も気前よく買ってくれるのよ。いい人なんだからぁ」

相変わらずいい加減だった。男を好きになると、すぐに「いい人」だと思い込んでしまう。「いい人」だとわかって好きになるのならまだしも、どんな素性ともわからない男でも好きなったら「いい人」になるところが問題なのだ。

ヒモのような生活をして母に小遣いをねだるこれまでの男もひどかったが、金回りがいいというのも反対にミチルの不安を煽《あお》る。浅野の言っていたように、もしかしたら今度の男は本当に危険なのかもしれない。

「あのさ、あんまりうるさいことは言いたくないけど、簡単に人を信用するのはどうかと思うよ。母さんが思っているほど、世の中いい人ばかりじゃないから」

「へぇ～、大学を卒業すると親に説教するようになるんだ。自分は東京で好き勝手して滅多に顔も見せないくせに、一人前に偉そうなことは言うんだからいやになっちゃうわぁ」

「まだ卒業してないし、説教しているわけじゃないよ。ただ、母さんが心配なだけだよ」

ミチルは洗い物を終えてから、キッチンカウンターに出ていた使いかけの果物などにラップをかけて冷蔵庫にしまう。母親はちょっと拗ねたような素振りを見せたが、ミチルが空になったビールケースを裏口に出して戻ってきた頃には機嫌を直していて、一緒に帰ろうと腕をつかんでくる。

　幼少の頃は店が終わって、母親と手を繫いで家まで帰る道のりが嬉しかった。ずっと店の客の相手をしていた母親をようやく自分が独り占めできると思えたから。けれど、今は自分の二の腕をつかみ、頰を寄せておぼつかない足取りで歩いている彼女が重い。体重ではなく、その存在がミチルには重いのだ。

「ねぇ、本当に東京でいい人いないのぉ?」

　帰宅する道中、酔った母親は間延びした口調で何度もそのことを訊いてくる。

「母さんが思っているような人はいないよ」

　嘘は言っていない。少なくとも、つき合っている女性はいないのだから。

「本当に堅物よね、あんたって。あたしの血を引いたと思えないわ。そうやってずっと本を恋人にして、一人ぼっちで生きていく気?　そんなの寂しいじゃない。あたしはいやだわ」

　そう言うと、母親は自分の息子に呆れたように手を離しふらふらと前を歩いて行く。まだ春も浅すぎて空気が肌に突き刺さるように冷たい。見上げれば、夜空にはけっこうな数の星が瞬《またた》いていた。東京ではほとんど夜空を見上げることはなかった。空に星があることさえ忘れているような生活だった。

　でも、あの慌ただしさの中にいて、ミチルは寂しさばかりを味わっていたわけではない。峰原と出会い、そして一行とも出会った。母親と違い簡単に人を信じることのできないミチルが東京で知り合い、心を許した人たちだ。母親はまだミチルが同性愛者だとは気づいていないのだろうか。それとも、気づいていて知らないふりをしているのだろうか。

ふとそのことを考えていたとき、前を歩いていた母親がくるりとコートの裾《すそ》を翻《ひるがえ》してこちらを振り返った。

「ねぇ、ミチル、誰かを好きになりなさいよぉ。誰でもいいからさ。好きになったら母さんの気持ちがわかるから。一緒にいて体も心も温かくなれば、それだけで幸せじゃないの。生まれてきてよかったって思えるじゃない」

母親はそう言うとまたミチルのそばまで駆けてきて、腕にぴったりとくっついてくる。その姿を見ていると、母親に幼少の頃の自分の面影がちらついた。二人きりで生きてきた日々がある。十八の歳まで彼女のそばにいて、ミチルは耐え切れず逃げ出した。

けれど、この四年あまりの間に、母親も確実に歳を取っていた。自分の二の腕にもたれてくる彼女の華奢な体がうんと小さく見えて、ミチルはなんだか泣きたい気持ちになるのだった。

◆

「今日は圭一が帰ってくるし、店も休みだから外で食事しましょうよ。ちょっと稼いだらしくて、なんでも好きなものを奢ってくれるって」

ミチルが実家に戻って二日目の遅い朝、母親はドレッサーの前に座り念入りに化粧をしながら嬉しそうに言う。ミチルにしてみれば気の重い話だった。だが、浅野に言われた言葉や母親の話からして、その男が本当に信用するに足るのか確認しないわけにもいかなかった。

これから美容院に行くという母親とは、夕刻に駅前のチャイニーズレストランで待ち合わせてミチルは外に出た。家に自分の部屋はまだあったけれど、そこはこもっていて楽しい場所ではない。

図書館にでも行って本を読んで時間を潰そうと思い駅前のバス停でバスを待っているとき、ミチルの携帯電話が鳴った。メールの着信だった。待ちうけ画面に一行からのメールが二件と表示が出ていた。

一件は今朝早い時間で、もう一件はたった今入った。今朝は珍しく寝坊してしまい、起きてすぐに母親と自分のために朝食の用意をしていたので、メールのチェックも怠っていた。メール画面を開いて内容を確認すると、どちらもたわいもないことだった。

『久しぶりの地元はどうだ？　こっちはミチルがいないと寂しい』

『父さんから連絡があって、卒業祝いの食事会はフレンチかイタリアンのどちらがいいかって。俺はイタリアンだけど、ミチルは？　父さんに直接返事してやって。そのほうが喜ぶから』

二件の内容を確認してミチルは小さく笑みを漏らす。一行はやっぱり峰原の息子だと感心する。彼は本当に優しいと思う。

別れて暮らしてきた峰原に対しても、父には父の事情があったとちゃんと理解している。そして、父と別れた母親の寂しさを慰め、再婚で一緒に暮らすようになった義父ともうまくやっている。ミチルのように人と接するのが苦手な人間にしてみたら、彼は同じ歳でも本当に大人で気遣いのできる人間だと思う。

『久しぶりの地元は、懐かしいような居心地が悪いような感じ。食事会の件、先生には僕から連絡しておきます』

ミチルはバスがくるまでの間に一行に返信メールを打った。送信ボタンを押して、しばらくしたらすぐにまた一行からメールがきた。

『ミチルの故郷ってどんなところ？』

そういえば、一行にはミチルの地元の場所をちゃんと話していない。一行ばかりか峰原にも県と町の名前くらいしか伝えていない。東京にいるときの自分は、故郷のことを極力思い出さないようにしていた。

生《お》い立《た》ちや母親のことは簡単に話してあったし、ミチルが故郷にいい思い出を持っていないと峰原は察してくれていたようだ。だから、二人の間でも滅多にその話題が出ることはなかった。

彼らにこの町のことを話しても仕方がない。ここは東京からも遠い。そして、峰原や一行が一生訪れることもないだろう場所。

『退屈な町だよ。春が遅くて、曇り空の今日は町全体が灰色で寂し気だ。あと二、三日で東京に戻るつもり』

それだけ打つと、バス停から見える田舎町の風景のスナップを撮ってメールに添付する。駅前のロータリーから見た、ほとんどシャッターが下りた商店街の風景だ。一行のような東京生まれで東京育ちの人間にはさぞかしうらぶれて見えることだろう。

そのときバスがきて、ミチルは携帯電話をマナーモードにして乗り込む。このバスは高校生のときに通学に使っていた。それ以外にも夏休みや冬休みにはこのバスで図書館に通った。学校でも友達はほとんどいなかったし、家では母親の男が一日中ゴロゴロしていたりするので、ミチルにとっては図書館が一番落ち着ける場所だった。

今はもう二十二になって久しぶりに帰省したというのに、相変わらず図書館に通ってしまう。生まれてから十八年間過ごした故郷だが、自分にとっては一度も居心地のよいことのない町だ。

バスの窓からの景色も高校時代に通っていたときとまるで変わっていない。枯れた田園や途中にポツンポツンと点在する民家や小さな町工場などを眺めながら、ミチルは東京に戻ってからのことを考えていた。

（卒業したらどうしよう……）

峰原と暮らすべきか、一行とルームシェアをするべきか、それとも一人で今のアパートに暮らし続けようか。就職が決まっている会社には通勤が不便なので、一人で暮らすにしてももう少し交通の便のいいところに引っ越してもいいとは思う。貯めたバイト料で引越しくらいはどうにかなるし、仕事を始めればとりあえず月々の給料は入るのだから、今よりは生活が安定することはわかっていた。

けれど、あのアパートを出たところで、きっと自分の暮らしは変わらない。どうせそこは眠るだけの場所で、自分にとって生活の場になることはないのだろう。だったら、今のままでもいいような気もしていた。

峰原や一行にはそういう態度がまた頑なだと言われそうだけれど、自分でもどうしようもないと思っている。ミチルは頑なに殻を出ることを拒んでいる臆病者なのだ。

そのとき、ふと昨夜の母親の言葉を思い出す。

『ミチル、誰かを好きになりなさいよぉ。誰でもいいからさ。好きになったら母さんの気持ちがわかるから』

峰原のことが好きだ。一行にも好意を抱いている。彼らはミチルにとって、二人だけれど一人のように感じるときがあってどちらへの気持ちも嘘はない。

ただ、彼らを好きになってもミチルは母親の気持ちがわからない。親子であっても彼女の人生は彼女のもので、幸せならそれでいいと思う。ミチルの人生も自分のもので、彼女のようには生きたくないという思いは変わらない。

母のように人を好きなるのと、ミチルのように人を好きになるのと、どちらが幸せなのかと考えるときがある。何度も騙《だま》されて捨てられ、傷ついてもボロボロになっても彼女は男を求め続け愛し続ける。臆病なミチルは好意を抱きながらも、心を開いて愛を受け入れることもできなければ、自分の思いの丈《たけ》をぶつけることもできない。

無防備に殻を飛び出し傷つく母と、殻の中で愛がほしいともがいている自分。どちらが幸せなのか、ミチルにはよくわからない。ただ、二人が親子だと確信するのは、ともにひどく不器用な人間に違いないということだった。


夕刻の待ち合わせの時間に駅前のチャイニーズレストランに行くと、奥の円卓にはすでに母親が男と並んで座っていた。

「遅いわよ。ほら、こっち、こっち」

美容院に行って髪をきれいに染めて整えた母親は、店に出ない日なのに明るい色のワンピース姿でいっそう若く、華やいで見える。

隣を見れば、母親の話していた新しい恋人がいる。ダークカラーのスーツにピンストライプのシャツというでたちで、歳は母親より少し若いくらいだろうか。彼女はあまり相手の容貌や年齢にこだわるタイプではない。けれど、今回の古谷という男はなかなか見栄えがいい。

長身で豊かな黒髪を軽く撫でつけていて、力仕事などには縁がなさそうな色の白い男だ。目鼻立ちは整っているが、目つきが鋭く、警戒心の強そうな感じがする。こんな田舎町で気持ちを張り詰めて暮らしている者はいないので、そういう雰囲気は周囲から少し浮いて見えた。少なくとも堅気の仕事ではないことは、一目でわかる。

「この子がミチル。わたしの一人息子よ。今年で大学を卒業して、東京で就職するの」

隣に座っている古谷にそう説明すると、今度はミチルに向かって新しい恋人のことを紹介する。

「彼が圭一よ。いい男でしょう」

その男についての説明はそれだけで、何をやっているのか、いくつなのか、東京のどこからやってきたのかなど母親はいっさい口にしない。でも、それは多分母親もちゃんとしたことを彼から聞いていないからだろう。彼女はいつでもそんなふうにつき合いはじめ、別れる頃になってようやく男が何者か知るということも少なくない。

ミチルは古谷に向かって会釈をして、円卓を囲んで彼の向かい側に座る。母親は店での癖で、さっさとグラスを用意してビールを注いでいる。それをミチルに差し出すとすでに飲みはじめていた古谷を促し、自分のグラスも持ち上げて「乾杯」と言って笑顔でそれを飲み干す。

「お料理は適当に頼んであるから。ねぇ、ビールもっと頼んでいい？　それとも老酒《ラオチュウ》にしようかな」

甘えるように話しかける母親に、古谷は好きなものを好きなだけ頼めと笑って言う。チャイニーズレストランといっても、田舎町の駅前にある店だ。中華料理屋の店構えを少し派手にして、円卓をいくつか揃えている程度。店が広いので地元の工場や中小企業の宴会によく使われていて、とりあえず経営が傾いていることはないようだ。

次々と料理が運ばれてきて、母親が古谷のグラスにビールを注いでは小皿に料理を取り分けてやっている。甲斐甲斐《かいがい》しい様子を見ていてもべつに微笑ましくもない。男に甘え、男に尽くし、そして守られて愛されたい女なのだ。

「それにしても、亜季絵にこんな大きな息子がいるとはね」

何杯目かのビールを飲んで少し目元から警戒心が消えた古谷が言う。低い声で、口調は落ち着いている。普段から口数の多い男ではないのだろう。

「早くに産んだからね。よく似ているって言われるの。でも、頭のほうはあたしに似なくてよかったわ。この子ったら、小さい頃から本の虫で勉強の虫だったのよ。女だったら大学になんか行かせないで、店を手伝わせてたんだけどね。こんな顔でも男だから、やっぱり大学くらい行っておかないといい仕事に就けないものね」

本当はミチルが男でも大学なんかに行かず、店を手伝えと言っていた。それをどうにかして説得したが、彼女に世話になったのは最初の入学金と上京のための費用だけだ。あとは自分でバイトした金と峰原の援助で卒業までこぎつけた。

それでも、当初のまとまった金を用意してもらったことは感謝している。あの金がなければ東京へ行くこともできず、峰原に出会うこともなかった。

（そして、峰原に出会ってなければ、カズユキとの関係もなかったかもしれない……）

故郷とはいえ自分にとっては居心地のよくない町のチャイニーズレストランで、母親と初対面の彼女の恋人と一緒に卓を囲みながら、東京にいる峰原と一行のことを考えている。それは、ミチルにとってとても奇妙な感覚だった。

どうして自分はここにいるのだろう。ここは自分の居場所ではないはず。自分を産んで育ててくれた母親はすぐ隣にいるのに、その笑顔や笑い声がどこか遠くから聞こえるような気がする。これはもしかしたら夢の中の出来事だろうかと考えていたときだった。

「それで、東京じゃどこで暮らしてんだ？」

自分に話しかけられているとわかりハッとしたミチルは、古谷のほうを見る。

「あっ、あの、××駅のあたりです」

「ああ、あのへんか。俺もいっとき住んでいたことがある。駅前に青い看板のスナックがあったが……」

「まだありますよ。『ローチェ』とかいう店名でしたっけ」

「ああ、それだ。懐かしいね。ちょくちょくあそこで飲んでたんだ」

それだけ言うと、古谷はまた黙ってビールを煽り、小皿に取り分けられた料理を摘《つま》む。東京で通った馴染みの店の話をしただけだ。だが、それだけでミチルは浅野の言葉を思い出し、また不安な心持ちになる。

というのも、あのスナックでは過去に二度ばかり事件があったと聞いている。一度はミチルがあのアパートに住むようになって間もなくのことだった。そこで飲んでいる男に恨みを持っていたヤクザ者が、拳銃《けんじゅう》を片手に店に駆け込んできて発砲した。撃たれた男は重症で病院に搬送されたが、数時間後に死亡して翌日のニュースになっていた。

それ以前にも一度、敵対する組織のチンピラ同士がその店で顔を合わせてしまい、店の中で大乱闘になったという話も聞いた。要するに、あのスナックはあまりよくない筋の者が飲みにくる店として、地元では知られているのだ。

「あの、古谷さんは東京でなんのお仕事をされていたんですか？」

ミチルが食事の箸《はし》を止めて訊いた。できるだけ自然な口調でたずねてみたが、その瞬間古谷の眼光が鋭くなり、ミチルはわずかに怯えを感じていた。だが、彼はすぐにだらしなく口元を緩め、グラスのビールをグッと一気に呷《あお》ると言った。

「まぁ、いろいろとな。海外との貿易関係とでも言えばいいかな」

「今もその仕事を……?」

さらにミチルが質問すると、古谷はギロリとこちらを睨《にら》む。

「なんだ? そんなことに興味あんのか?」

「あっ、あの、僕も春からは社会人になるので、いろいろと教えてもらえたらと思っただけです」

嘘ではないが、いかにも世間知らずな感じで言ったミチルに古谷は苦笑を漏らして母親の酌《しゃく》を受けている。

「大学出の坊ちゃんには無縁の仕事だよ。俺の話なんか聞いても、世の中じゃなんの役にも立たないさ」

そう言われたら、それ以上しつこくたずねることもできやしない。だが、ミチルの印象は総じてよくない。浅野の言っていたように、この古谷という男は何か危険な匂いがしている。堅気ではないと思っていたが、おそらく組織にかかわっている人間なのだろう。

それなのに、母親はこれまでの誰よりも古谷に入れ上げているようで、彼の横にべったりと身を寄せている。そして、いつも以上に自分の見た目を気遣っているのは、古谷よりも年上であること気にしているからだ。どこまでいっても「女」を捨てることのない彼女にとって、「老い」は恐怖にも近いのかもしれない。

「ちょっと化粧室行ってくるわ。二人で仲良く話していてね」

湯気の立つ脂っこい食事で口元の化粧崩れが気になったのか、彼女はそう言って席を立った。二人で話せと言われても、当たり障《さわ》りのなさそうな仕事の話でも会話が途切れてしまったばかりだ。それでなくても人との会話が得意でないミチルには、もはや気の利いた話題も思いつかない。

ミチルが黙って所在なげに飲みたくもないビールのコップを手にしていると、古谷が汚れてもいない自分のジャケットの襟をさりげなく手ではたきながら、テーブルに身を乗り出す。

ほんの少し男との距離が縮まっただけでミチルがギクッとして身を引きそうになったが、できるだけ自然な態度でビールを一口含んだ。

「おまえのオフクロだが……」

そこまで言って、古谷も一口ビールを口にする。もしかして、彼女がいないところで愚痴でも聞かされるのだろうかと思った。たいていの男は母親の前ではいい顔をしながら、あの情の深さに飽きてくると影で愚痴を言い出す。「重い」だの、「面倒」だのとぼやき出したら、修羅場と別れの前兆だ。

古谷とはつき合い出してまだ一ヶ月ほどだと聞いている。いつもの男より早い気もするが、母親のあの入れ上げ具合からして、飽きられるのが早くても仕方がない気がした。この男にかぎっていうなら、むしろ彼女にとって悪いことではないだろう。ところが、古谷の話はそうではなかった。

「あれはいい女だな。まぁ、息子から見たらどうかわかんねぇけどな」

意外な褒め言葉だったが、ミチルから見ればそれこそ「重く」て「面倒」な人だった。

「だが、可哀想な女だよ。おまえの母親は傷つくために生まれてきたみたいだ。傷だらけになっても、『男がほしい、愛がほしい』と手探りを繰り返すんだ。哀れな女だよなぁ」

褒めたかと思えば、結局はそういうことだ。だが、古谷という男は案外人をよく見ていると思った。母親の情の深さを利用してきただけの、これまでの男たちとは少し違うのかもしれない。

「でもよ、そんな女に擦り寄った男もまた惨めなんだよ。一緒にいたら駄目になるってわかっちゃいるのに、本当に駄目だなって思うまで愛しくて離れられない。おかげでこっちもボロボロだ。まぁ、自業自得ってもんだから、恨み言を言う筋合いじゃねぇけどな」

その言葉を聞いたとき、ミチルは彼が本当に母親を愛しているのではないかと思った。これまでの男は、すべてがとは言わないが言葉で言うほど母親を愛していたわけではない。多分、母親もそれはわかっていて、それでも寂しくて男に溺れてきたのだろう。けれど、古谷は違う。だから、母親も彼の前ではこれまで以上に「女」であろうとするのかもしれない。

「あ、あの、古谷さん……」

ミチルは意味もなく持っていたビールのグラスを置いて、彼の顔を見た。古谷は椅子《いす》の背もたれに体を預け直すと、長い足を組んでからミチルを見る。

「あなたがどういう事情でこの町にきたのか、どういう生業《なりわい》の方なのかわかりませんが、おそらく長くここにいることはないだろうと思います。あなたがこの町を離れれば、母とのことも終わるとわかっています。母はどうせこの町を離れることができませんから……」

ミチルは東京に出たけれど、心は殻の中に閉じこもったままだと峰原に言われた。母の心は自由かもしれないが、彼女もまたこの町という殻に閉じこもっているのだ。どんなに愛しても、その男が町を離れれば関係は終わる。母はけっしてここから出て行こうとはしない。

それがどうしてなのかミチルにはわからない。奔放《ほんぽう》な彼女の中にたった一つ決められたルールのように、けっして彼女はそれを破ろうとはしない。だから、古谷との関係も彼が町を離れれば終わる。

「なんだよ。母親のために俺にこの町に落ち着けとでもいうのか？　それとも、どうせ別れるんならさっさと町を出て行けとでも？」

古谷が不敵な笑みでミチルを睨みつける。

「いいえ、どちらでもないです。ただ、この町にいる間は、彼女をよろしくお願いします。

男の人がそばにいないと駄目な人なんです。寂しがり屋で、誰かの温もりがないと本当に死んでしまいそうになる。弱い人なんです。だから……」

古谷がこの町を出て行くまでは、せめて彼女に優しくしてひとときの幸せを与えてやってほしい。ミチルはそう願って古谷に頭を下げる。古谷は黙ってビールのグラスを空けてから、口元を歪《ゆが》めて皮肉っぽい笑みを浮かべる。

「すかした面した喰えねぇ奴かと思ったが、案外いい息子じゃねぇか」

「いえ、親不孝者です。僕も母を一人にして東京に逃げましたから……」

「男はいつだって逃げるんだよ。それで、女は待つんだ。そういうふうにできてるんだ」

急に哲学的なことを口にするので、ミチルは思わず苦笑を漏らした。

「そうなんですね。そうかもしれない……」

ミチルは自分が同性愛者で男なのに女のように抱かれていながら、逃げた自分はやっぱり男なのだと思い知って不思議な心持ちだった。

「あら、何よ。あたしがいない間に何か楽しいことでも話してたのぉ？」

ちょうどそのときときれいに化粧を直した母親が戻ってきて、能天気なことを言いながらまた古谷の隣に座る。古谷もまた苦笑を漏らしながら、「なんでもない」と言いい母親の肩に腕を回す。

食事を終えて会計を済ますと、三人は揃って店を出た。

「ご馳走様《ちそうさま》でした」

ミチルが礼を言うと、古谷は軽く手を横に振ってみせる。

「昨日、ちょっとまとまった金が入ったから、これくらい安いもんだ。それに、金は生きてるうちに使わなきゃ意味がねぇしな」

そんなことを言うと、しなだれかかるように腕を組んでくる母親を連れてこれから二人でどこかに飲みにいくという。

「鍵《かぎ》はかけていいから、ドアロックだけはしないでよ」

母の言葉に頷くと、ミチルは飲み屋通りへ向かっていく二人を見送った。それから一人で家へ帰る途中、携帯電話をポケットから取り出した。

時刻は九時過ぎ。日曜のこの時間なら、峰原は自分の部屋にいるだろう。ミチルはゆっくりと歩きながら電話をかける。地方の田舎町だから電波が悪いのだろうか。いつもより少し遠いコール音がして、三度目で峰原が出た。

『ミチルかい？』

電話の向こうから聞き慣れた彼の声が名前を呼ぶ。ほんの数日離れているだけなのに、なんだかひどく懐かしくてミチルはせつなさに胸を締めつけられる。

「あの、カズユキからメールをもらっていて、三人で食事に行くという話ですけど……」

『そうそう。彼はイタリアンがいいというんだが、ミチルはどうかな？　何か希望があればいい店を探しておくよ』

「僕もイタリアンがいいです。でも、本当は三人でならどこでもいいんです。こういう機会は今までありそうでなかったから、ちょっと嬉しいような恥ずかしいような気分です」

『そういえば、三人で食事は初めてだったかな。それは楽しみだ』

「ええ、僕もです」

本当に自分たちは奇妙な関係だ。一緒に食事をしたことはないのに、同じ部屋でセックスをしたことはある。事情はいろいろと複雑なのだが、父親と息子の両方と同時に関係を持っている自分も人から見れば充分に奔放だ。

『お母様は元気だった？　久しぶりだから喜ばれているだろう？』

「そうですね。とりあえず、顔を見に帰ってきてよかったと思います」

『わたしは父親の資格もない人間だと思っているが、それでも一行に会ったときは嬉しかったからな』

「先生はりっぱな父親ですよ。カズユキも尊敬していると言っています」

普段から言葉数が多いほうではないミチルだから、口にすることに嘘はない。意図的に嘘を吐《つ》かなければならないときは黙ってしまう人間だ。なので、峰原は素直にミチルの言葉を聞いて喜んでいた。

『大学も卒業を待つだけだし、お母様のためにゆっくりしておいでと言いたいところだが、わたしの本音としてはやっぱり君がそばにいないと思うと寂しいね』

「僕も先生に会えないのは寂しいです。それにカズユキにも……」

会いたいと思う。ミチルはやっぱり二人が好きだ。彼らはそれぞれに魅力的で、もっと相応しい相手が見つかりそうなものなのに、揃ってミチルを望んでくれる。

孤独で愛に飢えながら、それでも母のように傷つくのが怖くて危ない場所へ手を伸ばさないようにしてきた。そんな自分が二人に出会えたのは、人生でこれ以上ないほどの幸運だったとあらためて思う。

だったら、その幸運をしっかりと手にしてみようか。一度くらい母のように傷つく覚悟をし、勇気を出して相手の腕に飛び込んでみてもいいような気がしていた。今夜の古谷と母親の様子を見ていて、臆病なミチルの心がほんの少し動いていた。すると、電話の向こうから峰原の温かい声が響く。

『お母様と充分に過ごして、東京に戻ってきたらすぐにおいで。君の顔を見たいからね』

峰原の優しい言葉はいつもと変わらないのに、今夜はそれがものすごくミチルの心に響く。

「はい。きっとすぐに……」

ミチルはそう返事をして峰原との電話を切った。

(帰ろう、東京に……。あの人と彼が待っている場所に……)

心の中でそう呟いていた。どちらかと住むか一人で暮らすかはまだ決めていない。でも、あの東京の自分の部屋からは早々に出よう。四年余りの日々、母親から逃げてもなお自分の殻に閉じこもり続けてきた。眠るだけのための何もないあの部屋はミチルにとっての殻そのものだった。

峰原にも一行にも見せることのできなかった空っぽの洞《ほら》。傷ついてもいいから、そこで虚無を抱えて震えていた自分とは決別しよう。

『失敗しても無一文になっても、人間死にやしないんだ』

母親の店の客たちが、子どもや孫のことを話していたときに口にしていた言葉だ。当たり前の言葉が、なぜか今夜はミチルの心に次々と突き刺さる。母親だってあれだけ傷つきながら恋をして、何度も捨てられ泣いて、それでも生きているのだ。

ミチルも二人との恋が終わるときがきて傷つき心が壊れたなら、この町に戻ればいい。ここには必ず母親がいて、何をしてでも自分たち母子は生きていけるだろう。

気乗りのしない帰省だったけれど、なんだか気持ちが吹っ切れた。これで迷いなく東京へ戻れる。そう心を決めたときちょうど家の前に着いた。

ミチルが玄関の鍵を開けていると、背後で車が猛スピードで走ってくる音がした。けっして広い道でもないので気になって振り返ると、ブレーキ音とタイヤが地面を擦《こす》る音を響かせながら、一台の車がすぐ先の角を強引に曲がって走り去っていくところだった。

黒塗りの車は車種からして暴走族とも思えないが、ずいぶんと乱暴な運転をするものだと呆れる。そして、もう一度玄関の鍵を開けようとしたとき、今度は軽自動車がやってきて家の前に止まる。なんだか騒がしい夜だと思っていると、車から浅野が飛び出してきて叫ぶ。

「ミチルちゃん、大変だっ。亜季絵ちゃんが撃たれたっ。早くきてくれっ」

一瞬、何を言われているのかわからなかった。意味がわからなくてその場に立ち尽くしていると、浅野がミチルの腕を引っ張って車に連れて行こうとする。

「待って。あの、どういうこと……？　撃たれたって……？」

「だから、いきなり拳銃を持った男が店に入ってきて、亜季絵ちゃんと一緒にいる男を見るなり……」

その先を思い出して口にするのがおっかないとばかり、浅野はとにかくこいとミチルを自分の乗ってきた車に押し込む。

「ヤバイよ。ミチルちゃん、言っただろっ。あの男はよくないって。ああっ、こんなことになるなんてさぁ。俺がもうちょっと早く亜季絵ちゃんを説得してたら……」

運転しながらも話していないと落ち着かないように、浅野は一人でしゃべり続ける。ミチルはといえば、助手席で呆然《ぼうぜん》としたまま視線を宙にさまよわせ、さっき見送った古谷と母親の背中を思い浮かべているばかりだった。

『失敗しても無一文になっても、人間死にやしないんだ』

ただ、拳銃で撃たれれば人は死ぬ。けれど、そんな人間が現代の日本でどのくらいいるだろう。この国では銃の所持は資格と許可を持つ者以外認められていないというのに、こんな田舎の町のスナックにいただけで撃たれて死ぬなんて、今でもミチルは信じることができなかった。

信じられなくても母親はもういない。あの夜の出来事は今も悪夢のようで、細かいことを思い出そうとしても頭の中に霞がかかったままだった。

「ミチルちゃん、辛いよなぁ。亜季絵ちゃんは本当に気の毒だったけど、それでも最後にりっぱになったミチルちゃんを見てからだったのがせめてもの慰めだよ」

「そうそう。亜季絵ちゃんさ、酔っ払うといつもミチルちゃんの自慢話でさ。あたしに似ないで頭がいいんだって。東京の大学を出て、いい会社に入ったってね」

告別式のあと、母親の店の常連客だった誰もがミチルに慰めの言葉をかけていってくれた。母親のスナックがあったから、自分たちは毎晩のように一杯飲んで人生の憂さを晴らすことができていたんだと感謝してくれた。

ミチルが子どもの頃は周囲でいろいろと陰口を囁《ささや》かれていると思っていたけれど、必ずしもそういうわけではなかったのだ。彼女は彼女なりにこの町で愛されて生きていたのだと思う。ただ、少し恋多き女だったと、亡くなった今となっては誰もが母親を懐かしがってくれる。

「それにしても、あんな物騒な男に惚れちまうなんてなぁ」

誰かがボソリとそのことを口にして、他の誰かが慌てて止める。古谷のことはなんとなく皆の間で触れないようにしてくれている。もちろん、ミチルのいないところではさんざん話題になっているだろうし、新聞の記事にもなったくらいだから、あれこれ詮索《せんさく》しなくてもすでにあの男の素性は誰もが知るところだった。

ミチルも警察に呼ばれて事情を聞かれたし、簡単なものではあったが家宅捜査も受けた。古谷は東京の某組織に関わっていて、主にアジアから入ってくる麻薬の受け取りと組織への取次ぎを生業としていたのだ。

隣町へ出かけていたのも、アジアから飛んでくる便に乗って運ばれてくる薬を空港近くで受け取り、それを東京からきている組織の者に渡すためだった。古谷はアジアの言語に精通していたらしく、面倒な取引の間に入ってあれこれ世話をしてはいくらかの金を受け取っていた。

ところが、双方の間に入って少しずつ薬と金を抜いていることがばれたらしく、組織が刺《し》客《かく》を送り込んできたというわけだ。狙われていたのは古谷一人だが、たまたまその場に母親が一緒にいたせいで乱射した弾《たま》が当たり、病院へ救急搬送されたものの数時間後には死亡した。古谷のほうは現場で即死が確認されていたらしい。

結局、ろくでもない男に入れ上げて、その男のトラブルに巻き込まれて死んでしまった。母の人生はなんだったんだろう。

一度は勇気を出して、彼女のように誰かに心を預けてみようかと思った。峰原や一行ならそれができると思った。けれど、またミチルの心は迷路をさまよっている。

峰原に電話をしてすぐに東京に戻ろうと思っていたけれど、こんなことになってしまいまだこの町を離れられないままだ。家のこともあるし、店のこともある。残されたそれらをどうすればいいのかもわからない。

告別式のあと、しばらくは実家に引きこもっていた。東京の峰原や一行から電話やメールが入っていたが、今のミチルはそれに出る気力もなくて携帯電話の電源を切ったままにしていた。

そして、母親の初七日が過ぎた頃、ミチルはふらりと彼女のスナックに出かけていった。そろそろ片付けをしなければならないと思ったからだ。冷蔵庫の中のものを始末して、出入りの業者の人にも店を閉める連絡をしなければならない。

店を手放すにしても地元の不動産屋に相談しなければならないし、実家は賃貸だがミチルが東京に戻るなら解約の手続きも必要だ。

昼間の飲み屋通りはまだ人通りも少なく、ネオンもなくただただ寂しげだ。ミチルは店の裏口から入り、店内の照明をつける。窓のない空間が人工的な薄暗い明かりに照らされる。子どもの頃からあまりにも見慣れた椅子やテーブルにカウンター。今にもカウンターの中に母親が現れて、グラスに酒を注《つ》いだりナポリタンを作ったりしそうな気がする。

この場所が彼女の人生のすべてだった。どうして母親はこの町を出て行かなかったのだろう。古谷に知り合う前にも、何人も彼女に求婚する男はいたのだ。そんな誰かと一緒に違う町に行けばそこで幸せに暮らしていたかもしれないのに、彼女は頑なにここを動こうとはしなかった。

ミチルはカウンターの中に入ると、まずは冷蔵庫の掃除から始めた。傷んだ果物や使いかけのミネラルウォーターを捨てて、もう客に出す予定もないボトルなどは全部出しておく。おしぼりの保温器から未使用のものを取り出して業者に引き取ってもらえるようにカゴにまとめておいた。

常連客がキープしているボトルはわかる範囲で連絡して引き取ってもらってもいいし、必要なければ処分してしまえばいいだろう。他にもフロアの床やトイレ掃除も済ませて、ミチルは店の帳簿を出してきてカウンターに座り確認していく。

男関係はだらしない人だったが、店の経営は案外几帳面《きちょうめん》にやっていて、どうにか赤字は出さずに経営していたようだ。また、帳簿の隅には店の会計とは別に、どのページにも小さな走り書きの同じ数字が書き込まれている。

それが何の数字かミチルにはすぐにわかった。母親が亡くなってから、実家の居間の箪笥《たんす》の引き出しを整理していて貯金通帳を見つけた。母親の名義でも店の名義でもない、「越野《こしの》ミチル」名義の通帳で、毎月必ず三万円が月末に入金されていて、四年あまりで百五十万近くになっていた。

帳簿の隅の数字も必ず三万。きちんと積み立てることができた印に書き込んでいたのだろう。ミチルのために母親が貯めていてくれた金だ。大学進学のときには何もしてやれないわよと言っていたが、きっとミチルの将来のことを思い、こうして積み立ててくれていたのだろう。

ずっと母親のことが嫌いだった。男なしでは生きていけない弱い女だと思っていた。軽蔑していたことも嫌悪したこともある。彼女は男さえいれば、息子などいらないのだと思ったこともあった。そして、彼女の呪縛から逃げ出すように東京へ行き、自分は解放されたつもりでいた。

けれど、そうではなかったことは自分が一番よく知っている。逃げ出してきただけ。自分だけの殻を見つけただけ。そこにいれば傷ついて泣く母親を見ることもないし、ミチルはひたすら学業に没頭して、あとは生きるために必要なバイトさえしていればよかった。それ以外のことは、人間関係も生活も正直どうでもよかったのだ。

ただ、峰原と出会いミチルの人生は少し変わった。今思うほどに自分は彼といて幸せだったし、当たり前の楽しみや喜びをたくさん与えてもらったと思う。一行と出会ってその関係を自然に受け入れることができたのも、彼が峰原の息子だったから。そのことを思うと、あらためて峰原には感謝していた。

本当は東京に戻って、今度こそ自分から彼の胸に飛び込もうと思っていた。けれど、今はわからない。自分の明日が見えないのだ。

ミチルがカウンターに広げた帳簿に突っ伏して目を閉じていたとき、店の入り口から何か物音がした。それは、鍵がかかっている扉のドアノブをガチャガチャと回す音。まさかこんな時間に客ではないだろう。業者なら裏口からやってくる。

ミチルがカウンターから立ち上がり、少し警戒しながらドアを開けると、そこには浅野が立っていた。片手に白とピンクのトルコ桔梗《ききょう》の花束を持っている。

「ああ、やっぱりいたんだ。中から物音がしていたからもしかしたらと思ってね」

そう言うと、浅野は手にしていた花束を差し出す。

「これ、亜季絵ちゃんにと思ってさ。誰もいなければ店の前に置いておこうと思っていたんだけどね」

母親のために彼女が生前好きだった花を持ってきてくれたのだ。ミチルは感謝してそれを受け取ると、浅野を店の中に招き入れた。

「浅野さんにはずいぶんとお世話になりました。僕が子どもの頃からですもんね。常連さんの中でも一番の古株ですよね」

「亜季絵ちゃんもまだ若くてね。本当にきれいだったよ。子持ちなんて思えないくらいだった。それでも、一人で一生懸命店を切り盛りして、ミチルちゃんを育てて、そりゃ苦労してたんだ。俺もだけど、常連のみんな、なんでもいいから助けてやりたいって思ったもんだ。といっても、店にきて飲むくらいだったけどさ」

「それが母にとっては一番嬉しかったと思います。みなさんのおかげで、どうにか赤字も出さずにやっていたようですから」

礼を言いながら、ミチルはカウンターに入って浅野のためにビールの小瓶《こびん》を出してきてグラスに注ぐ。まだ仕事中なんだけどと言いながらも、浅野はそれを一気に飲んだ。母親のための弔《とむら》い酒と思っているのかもしれない。

「母さんは……」

ミチルも自分でグラスを用意すると、好きでもないビールを注いで一口飲む。なんだか心寂しくて、浅野ともう少し話をしていたかったのだ。

「母さんは幸せだったのかな？　いつも悲しい恋ばかりしていたような気がする。まさかこんなふうに逝《い》ってしまうなんて思わなかったけれど、でもいつかこんなことになっていたような気もするし……」

「そばで見ていて、危なっかしいなぁって思うことは何度もあったけどね。でも、どうしようもないよね」

「あの古谷さんっていう人が言ってました。母さんは傷つくために生まれてきたみたいだって。傷だらけになっても、『男がほしい、愛がほしい』と手探りを繰り返しているって」

「うん、そうかもしれないなぁ」

「でも、彼女と一緒にいると男も駄目になるらしいです。それがわかっていても、そのときがくるまで突き放せないそうです」

「亜季絵ちゃんは可愛い女だったからな。男にはたまんないよ。甘えてくるかと思えば自分で頑張るし、そんな姿を見ていると守ってやりたくなるし、やっぱり愛しくなるんだ。でも、男はみんなボロボロになって逃げていく。彼女はいつも一人で残されるんだ」

浅野も古谷と同じことを言う。それが母親という人間の本質なのかもしれない。でも、やっぱりミチルには不思議だった。

「母さんはどうして追わなかったんだろう。そんなに好きになった人なら、追っていけばよかったのに……」

求婚してくれた人さえもその人が去っていけば、泣きながら見送ってきたのはどうしてなのだろう。

「それはさ、ミチルちゃんのためだよ」

「え……っ？」

ミチルのためというのはどういうことだろう。本気でわからずに、ミチルは浅野の俯き加減の横顔を見る。

「だってさ、二人っきりの家族じゃないか。亜季絵ちゃんがどこかへ行っちまったら、ミチルちゃんは帰る場所がなくなるってね。だから、ミチルちゃんがいつ帰ってきてもいいように自分はずっとここで店をやってるって言ってたよ。帰る場所がある人間ってのは幸せだよね。どんなに傷ついても、帰る場所があればやり直せるもの」

「そ、そんな……」

「亜季絵ちゃんは自分がいい母親だなんて思ってなかった。むしろミチルちゃんにとっては悪い母親で、こんな自分のところに生まれてしまって不憫《ふびん》だって言ってたよ。子どもに何もしてあげられないからさ、せめて帰ってくる故郷だけはなくさないでやりたいってね。どんなに惚れた男がいても、どんなに愛してくれる人がいても、亜季絵ちゃんがこの町を離れなかったのはそのためさ」

ミチルは浅野の言葉にただ愕然《がくぜん》としていた。自分はあの母の何を知っていたのだろう。一人息子でありながら、彼女の気持ちなど何も理解していなかった。母親はずっと息子より男のほうが大事なんだろうと思っていた。そんな母親が好きになれなくて、彼女のそばから逃げ出した自分。

なのに、彼女はミチルが何かに傷つき本当に辛いとき、帰ってくる場所を守り続けてくれていた。自分の寂しい人生は男がいればいい。でも、彼らが去っていくときには追わない。母親は男ではなく、いつもミチルを一番に選んでくれていたのだ。

母親が死んで、母親の気持ちが今ようやくわかった。カウンターの中で浅野の向かいに立ったまま、ミチルはわっと涙を溢《あふ》れさせた。声を殺すこともできなかった。なぜ自分は母親のそんな気持ちを理解できずにいたのか。なんて愚かな息子だったのだろう。

一行はわけもわからない年頃に父親と引き離され、十年以上も会えずにいても峰原のことを責めたりはしなかった。父には父の人生があり、それは母とは重なり合わなかっただけ。恨むことなど何もないと言っていた。

ミチルは少なくとも十八年も一緒に母子で暮らしてきたのに、ときには母を憎んでさえいたのだ。目に見えるものがすべてではないけれど、目に見えているものさえ信じられないのは臆病だと峰原に言われた。まさにミチルは目の前に見えていた母親さえ信じていなかった。

「ご、ごめん……っ。ごめん、母さん……っ」

こんな馬鹿《ばか》な自分を詫《わ》びたいのに、何度その言葉を繰り返しても母はもうこの世にいない。

「ミチルちゃん、しっかりしなよ。亜季絵ちゃんが女手一つで育ててくれたんだよ。本当にしっかり生きていかなくちゃ駄目だからな」

浅野はそう言ってスツールから立ち上がると、カウンター越しにミチルの肩を強く叩く。彼の目にも涙が浮んでいた。ミチルは浅野の言葉を嚙み締めながら、今はただ子どものように泣いて何度も頷《うなず》くことしかできなかった。


「いやぁ〜、梅雨が明けた途端に暑いね。まずはビールちょうだい」

「いらっしゃい。今日は早いんですね」

母親の時代からの馴染み客がやってきて、ミチルは笑顔で出迎える。

「今日は出先から直帰してきたからね。はい、これ土産《みやげ》だ」

そう言って、男はミチルに東北のある都市の名産品を差し出す。カスタードクリームの入った饅頭《まんじゅう》は、母親がよく客からもらっていたものだ。

「それさ、亜季絵ママが好きだっただろう。新幹線の駅で思い出して買ってきた」

「いつもありがとうございます。常連さんでも好きな人が多いんです」

ミチルは礼を言ってからカウンターに座った客におしぼりとビールを出す。彼はいつもビールで始めて、ウィスキーをロックで二、三杯飲んでいく。つまみは乾きもののナッツ程度しか食べないが、ときどきミチルが作ったマリネなどを出せば喜んで食べてくれる。

「ミチルちゃんもすっかり板についてきたなぁ。後ろ姿だけを見たら、まるで亜季絵ママがいるのかと思ってしまうよ」

「似てるって言われてましたからね。でも、そのせいで昔の常連さんもみんな離れずにいてくれるのかなって思うんですけど」

「いやいや、ミチルちゃんはミチルちゃんの魅力があるもの。俺なんかミチルちゃんが店をやるようになってから、通う回数が増えたもんだからカミさんがうるさくってさ」

「それは奥様に申し訳ないですね。ちゃんとご家族にもお土産買ってきました?」

もちろんと笑顔で答える彼に、ミチルも笑って頷く。

母親が亡くなって数ヶ月が過ぎた。すでに梅雨も明けて一気に夏の盛りを迎えつつあった。今年は母親の初盆だが、母親の遺骨はまだ家にある。ミチルのために積み立ててくれていた金を使って墓の注文は出しているが、できるのが秋になってからなので納骨はまだしばらくかかりそうだった。

その後、ミチルは結局東京に戻ることはなかった。大学の単位も足りていたし、卒論では「優」の評価をもらい、後期末試験の結果もすべて及第点だった。なので、卒業証書だけは郵送でもらい、無事大学は卒業した。ただし、卒業式に参加することもなく、内定をもらっていた会社には辞退の連絡を入れた。

恩師の園田には直接電話を入れて、中途半端な形で大学を出てしまったことを詫びておいた。試験の最終日に顔を合わせたきりだったので、園田もミチルの今回の件ではずいぶんと残念に思ってくれていた。だが、事情が事情なだけに最後には励ましの言葉をもらい、なんとか恩義に対して不義理を働くことにはならずにすんだと思う。

また、住んでいたアパートは管理している不動産会社に連絡してから引越し業者を頼み、わずかな身の回りのものと書籍類だけをダンボールに詰めて送ってもらい、他の家財道具などはすべて処分してもらった。家財道具といっても、安いパイプベッドがあったくらいで、家具らしい家具は何もない部屋だった。すべて人まかせにしても三十万たらずでことは済んだ。

問題は峰原と一行のことだった。母親が亡くなってしばらくはミチルの心の整理ができず、連絡を絶っていた。峰原にも一行にも、ミチルの実家の住所は教えていない。実家の電話番号も知らない彼らからの連絡は携帯電話だけだった。

母親の初七日からさらに一週間が過ぎた頃、携帯電話の電源を入れると一行からは何本も電話やメールが入っていた。メールの内容は急に連絡が取れなくなったミチルのことを案じていて、帰りを待っているからということ。峰原も同じ気持ちでいるということ。

母親の事件は地方紙の新聞に記事が掲載され、局によってはニュースでも短く流れたようだが、一地方の事件を都心で暮らしている者が気にすることもない。

ミチルが峰原と一行に電話を入れたとき、二人ともミチルの母親の事件については案の定何も知らなかった。そのまま事件については伏せておこうかと思ったが、今の時代少し調べればネットでも地方新聞の記事は読める。なので、彼らには帰省の間に起こった事件のすべてを正直に話し、そして自分はもう東京には戻らないことを告げた。

本当は会ってきちんと話をするべきだと思っていた。ある意味、園田以上に世話になった峰原には、少なくともそうするべきだとわかっていた。けれど、一度東京に戻るともうこの町に帰ってくることができないような気がしたのだ。

あの人の大きな優しさに包まれたら、きっと自分は駄目になる。心と頭の中を整理できないまままたこの町から逃げて、母親の影から逃げて、自分をごまかしながら生きていかなければならないような気がした。

母親に対する誤解は解けた。悲しいことだけれど、彼女の死によってミチルはそれを知った。それでも、自分はまだ母の呪縛から逃れてはいない。だから、すべてを消化じて自分を取り戻すための時間が必要だった。そして、ミチルは自分を知るために、母親と同じようにこの町で暮らしてみようと決めたのだ。

これが一番正しい道なのか、それとも単に後ろを向いて歩いてきた道を戻っていることなのかわからない。ただ、母の骨を墓に納める日まではここで店をやることが彼女への供養だと思っている。

ミチルが峰原と一行それぞれに電話をして自分の気持ちを話したとき、一行は一度会って話したいと言い、それはしないほうがいいというミチルの気持ちをなかなか理解してくれなかった。だが、峰原は黙ってすべてを聞き終えてからただ一言「わかった」と言ってくれた。きっとあのときのミチルにはどんな言葉も通じないと思ったのだろう。

彼はいつだって、ミチルの胸を開いて見ているかのように気持ちを汲《く》んでくれる。それだけではなく、一行に関しては峰原のほうから説得すると言ってくれた。その電話を最後にミチルは携帯電話の番号を変えた。自分自身でも彼らへの未練を断ち切るためだった。

そうして、ミチルは四年ぶりに生まれ故郷に戻り、母のいない町で母の残した店を開いている。店のことは子どもの頃からずっと母親の仕事ぶりを見てきたからわかっている。業者への注文や必要経費の管理など経営の細かいこともすぐに慣れて、今では常連客にも「板についてきた」と言われるようになった。

常連客が揃って飲んでいると、きまって母親の話になる。いい話もあったし、酒の場でのみっともない話もないわけではなかったが、それも含めて彼女が皆に愛されていたのだとあらためて思う。それは、ミチルにとって幸せなことだった。

そんな常連客のおかげで店はそこそこ回っていたが、近頃は若い男が一人でスナックをやっているのが珍しいのか、新しい客も少しずつ増えていた。

「ミチルって東京帰りだろ。店をするにしてももっとお洒落《しゃれ》っぽいカフェとか、料理もできるんだからカジュアルなビストロとかもできたんじゃないの？　なんでスナックなわけ？」

「この町じゃそんな洒落た店を作っても、たいして流行りもしないと思うよ」

「でもさ、二十代、三十代のママさん連中が喜んでやってきそうじゃないか。子どもを幼稚園に送ったあと、たむろして話す店がないってぼやいてるんだからさ」

確かに、若い母親たちは夫が出勤し、子どもを幼稚園や小学校に送ったあとに寄っていく店がないと言っている。そういう客層を取り込むために居酒屋が朝食営業をしていたりして、なかなか盛況らしい。だが、ミチルにはそんな商売の才覚はない。

「それに、ここは母さんの店だからね。僕が守っていかないとね」

もちろん、それが一番の理由だが、そもそもミチルには女性が大勢やってくるような店の経営は無理だ。こうして夜になって看板を出し、暗い店で酒を飲む男たちの相手をしているほうがずっと落ち着く。

新しく店にやってくるようになった若い客層には、ミチルも比較的軽い口調で話ができる。最初のうちは母親と違って話下手だから、常連客以外の相手ができるか不安もあった。けれど、どんなことでもその環境に放り込まれれば人間は順応するらしい。

それに、今のミチルにはもう逃げ込む殻がない。東京にいたときのように、頑なな自分のままではいられない。生きていくために、ここでは在りし日の母親がそうであったように、ありのままの自分でいるしかないのだ。

「なぁ、ミチルはつき合っている人はいるのか？」

「いないよ。そんな暇ないもの」

「東京にいたときは？」

近頃よく店に顔を出す彼は倉田《くらた》といい、隣町の空港の管制塔で管制官をしている。彼は北海道の出身だが東京で大学を出ていて、今の仕事をするようになってこの地にやってきたので共通の話題はあった。

最初は友人に誘われてミチルの店にきたが、二度目からは一人できてミチルを相手にときには閉店まで飲んでいく。そんな彼も口にはしないが、ミチルと同じで同性愛者だということはなんとなくわかった。

「東京にいたときは、好きな人がいたよ。とても好きだった人が、一人、そう、二人……」

ミチルは峰原と一行の顔を思い浮かべながら呟くように言った。

倉田はカウンターの中のミチルの顔を見て、なぜか寂しそうな笑みを浮かべる。

「ミチルがそういう寂しそうな顔になると、俺まで寂しい気分になるよ」

「ごめん……。せっかく飲みにきてるのにね」

この夜はいつもの常連客も帰ってしまったあとで、閉店間際にやってきた彼と二人きりだった。倉田はもう一杯ハイボールを注文して、ミチルとたわいもない世間話をしながらそれを飲み干して席を立つ。

「いつもありがとうございます」

支払いを終えた彼を店の外まで見送ろうとしたドアまで行ったとき、倉田がミチルの手を握った。ハッとしたものの、この状況にひどく慌てることもない。

「今夜、うちにこないか？」

ストレートな誘いだった。ミチルは少し考えてから、彼の手をそっと握り返して言った。

「片付けが終わるまで少し待っていてくれるなら……」

倉田はもう一度カウンターに腰かけて、ミチルが店の後片付けを終えるまで待っていてくれた。それから二人は店を出て、駅前からタクシーに乗り彼が独り暮らしをしている部屋に行った。

「よかった。本当はあっさり断られるかと思ってたから」

部屋に入るなり抱き締められて、倉田がミチルの耳元でそう囁く。ミチルは彼の胸元にそっと手のひらを当ててそこに自分の額を押しつける。

「だって、この町にいると寂しい夜もあるもの」

峰原や一行に抱かれていた日々がもうずいぶんと遠い。あれほど愛という名の水を与えられていた体は、今はまるで乾いた砂漠のようだった。誰の手でもいい。誰の唇でもいい。飢えて寂しいこの体を満たしてほしい。今夜はそんな思いでいっぱいだった。

「ミチルみたいなきれいな子は、東京にいたときも会ったことがなかったな」

「嘘でも嬉しい……」

以前は自分の容姿を褒めてくれる言葉にはいつだって懐疑的だった。母親似の顔はただ女っぽいだけで男としての魅力は大きく欠落している。体も華奢すぎて、男ならではの美しさというものは微塵《みじん》もないと思っていた。けれど、近頃になってなんとなくわかってきた。自分がなんの魅力もないと思っていた容貌が、ある種の男たちにとっては心惹かれるものらしい。

ミチルが惹かれるのは男としてたくましく美しい人だ。峰原もそうだし、息子の一行もそうだった。だが、それはミチルの視線であって、反対の視線もあるのだと最近になってわかった。当たり前すぎて馬鹿馬鹿しいことかもしれないが、同じ同性愛者であっても人それぞれに美意識が違うし、抱く側と抱かれる側の感覚も違うことにいまさらのように気づいたのだ。

ミチルを望んでくれる人がいる。その人に身を任せて、今夜の寂しさを埋められたら明日もきっと生きていける。ただそれだけのこと。

倉田は思った以上に男の体の扱いに慣れていた。久しぶりに抱かれるミチルのほうが緊張していたのか、硬い窄まりを指でずいぶん長く解《ほぐ》されていたが、やがては辛抱できなくなってねだる。

「ああ、もう、きて……」

少しくらい痛くてもいい。苦しみもまたあの快感に繋《つな》がっていると、ミチルの体は知りすぎているほど知っている。それでも倉田はできるだけ優しくミチルを抱こうとしてくれる。倉田が優しい人なのだとわかると、なんだかミチルはせつなくなってしまう。

いつだってそうだった。幼少の頃からかまってくれたり、物をくれたりする大人がいて、「いい子」だと頭を撫でられるたびに戸惑いの気持ちがあった。どうしてこんな自分に優しくしてくれるのだろう。子どもというだけで可愛がられるとか、母親の気を引きたいからとか、そういう理由だけでは納得できないものがあったのだ。

ところが、あるとき学校帰りに見知らぬ男に声をかけられ、近くの神社の境内で体を撫で回され唇を吸われたとき何か納得のいくものがあった。こんなことがしたいから、優しくしてくれるのだとわかったのだ。そして、ミチルはそれがいやではなかった。

ただ、それがいけないこと、いやらしいことだという認識はあって、ミチルの中で自分は他の子どもと違いどこか「汚い」のだと思い込むようになった。それがミチルの中の大きなわだかまりになり、成長してからもずっと峰原の言うように自己評価の低さに繋がっていたのだと思う。

けれど、今はそれももはやどうでもいいことのように思えるのだ。きれいなだけでは生きていけない。汚れていても間違いとは言えない。歴史の中の人々が皆そのどちらの面も持ち合わせていたように、人はそうやって生きていくものだ。

そして、母には母の人生があった。今のミチルはそれをなぞるようにして生きながら、自分のいるべき場所や生きる道を探している。

「ミチル……」

倉田は大きくて熱いそれをミチルの中に押し込みながら、何度も名前を呼んでいた。優しくていい人だと思う。何度も店にきて、ミチルの気持ちを確かめてから部屋に誘うような人だから、きっと心根が誠実なのだろう。けれど、彼の声ではミチルの心の一番深いところには響いてこない。ミチルは倉田に抱かれながら、目を閉じて峰原の優しさと一行の温もりを思い出していた。

「ああ……っ、あ……んっ、んんっ」

久しぶりに味わう快感に身悶えながら、声を殺せずに啼《な》いた。その淫らさを倉田が喜んでいるのを見て、これもまた貪《むさぼ》り合う一夜の愛だと思った。

互いに淫らに燃えて精を吐き出し、崩れ落ちるように眠った夜、ミチルは不思議な夢を見た。幼い頃の自分が母親に手を引かれて歩いている。周りの景色を見れば灰色でひどく寒々しい。目の前の道はずっと真っ直ぐでどこまでも続いている。

このままどこまで歩いていくのだろう。もうずっと歩き続けてきたから足が痛いし、お腹も空《す》いている。母親の顔を見上げると、彼女もまた疲れきった顔でミチルを見下ろしていた。泣きそうな顔で唇を嚙み締めている。辛いことがあったのだとわかるけれど、ミチルには彼女にかける言葉がない。すると、彼女はその場でしゃがんでミチルの小さな肩に両手をかける。

『平気よ。生きていけるわ。ミチルがいるからね。母さんは大丈夫……』

よくわからないまま頷いたミチルは、足の痛みも空腹も訴えることなくまた歩き出す。母親の歩調に合わせて懸命に歩く。けれど、大人の彼女と子どものミチルの歩調は違っているから、気がつけば二人の手は離れ、その距離は大きく離れていた。

ミチルは心細さに泣きながら母親を呼ぶ。なのに、母親の背中はどんどん遠ざかっていき、いつしか霞《かすみ》の向こうに消えていく。

『いやだっ。待って、待ってよ、母さん……っ』

どんなに叫んでも届かない。そう思っていたときいきなり自分の肩をつかむ手があって、ミチルはハッとしたように振り返る。そこにはなぜか峰原がいた。

『行くんじゃない。行ったら駄目だ。君はまだここにいなさい』

峰原の言葉を聞きながらも、ミチルはまだ母の背を追いたいと思っていた。このまま離れてしまえばもう二度と会えなくなってしまう。それを泣きながら訴える自分は、少し成長して少年になっている。

そして、また霞の向こうの母親を追おうとしたら、今度は目の前に誰かが立ちはだかった。その姿も顔も見覚えがある。それは一行だった。

『行くなよ。俺といるって言っただろ？　だから、迎えにきたんだ。一緒に帰ろう……』

そのつもりだったけれど、運命が何もかもを打ち壊して真っ白な白地図のようにしてしまった。だから、ミチルはまた子どもの頃からやり直さなければならない。一から人生を歩んで、二十二歳の自分に追いつかなくてはならないのだ。

そんな夢を見て目覚めたとき、時刻はまだ五時を過ぎたところだった。

ミチルは抱き合って温もりの中で眠れた夜に感謝して、倉田が目を覚ます前に彼の部屋を出た。朝焼けを見ながら帰宅すると、ミチルは母親の遺影に線香を上げてもう一度ベッドに潜り込んだ。

倉田に抱かれたことを後悔はしていない。けれど、二度目の誘いは受けなかった。あれは寂しかった夜に、寂しい者同士が体を重ね合っただけのこと。

その後もミチルは客の誘いがあれば、ときには寂しさを紛《まぎ》らわせるために体を重ねることもあった。ただ、倉田の二度目の誘いを断ったように、誰であろうと二度目の誘いを受けることはなかった。

これは、愛ではないし、恋ではない。ただ寂しさを紛らわせるために一夜をともにするだけ。そうして日々を過ごしているうちに、ミチルにも生前の母親が感じていただろう寂しさが理解できるようになった。

ミチルが都会で傷つき、何かに疲れてしまったとき、帰ってくる場所が必要だから母親はこの町で暮らし続けた。けれど、その母は逝ってしまい、自分はたった一人だ。待っていても誰もくることはない……。

◆◆

目覚めたらすでに十時を回っていて、二日酔いで少し頭痛がした。

苦手であまり飲むこともなかった酒だが、最近では客につき合ってけっこう飲めるようになった。二日酔いもこの歳になって初めてこういうものだと知った。

子どもの頃は母親が苦しそうに頭を押さえていたり、トイレで吐いていたりするのを見て、なんでそんな辛いことになると知っていて酒なんか飲むのかわからなかった。だが、今では自分が同じことをしている。

誰もが峰原のように読書の友として酒を飲むわけではない。もちろん、彼だって学会で不愉快な思いをしたときには憂さ晴らしの酒も飲んでいたけれど、ミチルの今の酒は違う。今日の憂さを忘れたい客と一緒に飲みながら、自分の孤独や悲しみや明日の不安から逃れようとしているだけ。

ベッドから出て母親の遺骨の前で線香を上げてから、キッチンでコーヒーを淹《い》れる。普段はブラックだが、さすがに今朝は胃が痛くて牛乳を少し入れて飲んだ。

学生時代は東京の安アパートでテレビもない生活だったので、実家に戻ってきてもテレビをつける習慣がない。朝食はいつも新聞を読みながら摂《と》る。トースターにパンを入れてセットしておき、新聞を取りに表に出る。新聞受けの中をのぞくと、すでに配達された郵便物が何通か入っていた。だいたいはどうでもいいDMだが、それらがまだ母親の名前で届くのがちょっと悲しい。

その日も何通かのDMの葉書と、銀行からの明細書となぜかA4サイズの封書が入っていた。宛名《あてな》は母親でなくミチルになっている。

(え……っ?)

その宛名書きを見たとき、少し奇妙な気がした。というのも、この癖のある文字には見覚えがあるような気がしたから。すぐに裏返してみると、そこには個人名ではなく大学の名前と住所がスタンプで押されていた。それはミチルが卒業した大学ではない。峰原が教鞭を取っている大学からの郵送物だった。

ミチルがそれを持って戻り、台所のテーブルで開いて中を見てみる。茶封筒の中には大学の名称が大きく印刷された白い封筒が入っていて、さらにそれを開くと中からは案内書の一式が出てきた。

「歴史学科、大学院生募集要項」と書かれたパンフレットを見て、ミチルは小さく溜息を漏らす。まだ半年ほど前のことだ。あの頃は学ぶことに夢中だった。学業の世界に没頭していると、己を取り巻く現実を忘れていることができた。

大学を卒業するときも園田から院への進学を勧められ、それができたらどんなにいいだろうと思っていた。同時に、峰原からも学問の世界から離れてほしくないと言われたが、あのときのミチルには無理な話だった。

本当なら今頃東京の企業で働きながら、市井の研究家として勉強を続けていただろう。けれど、今のミチルは学問の道からずいぶん遠ざかってしまった。そういえば、近頃は本を読む時間もめっきり減っている。東京のアパートから送ってもらった書物も、まだダンボールに入ったままで開封もしていない。

そんな自分のところへ大学院生募集の案内がくるとは思わなかった。都内の大学を今年卒業した文系の学生に向けて出されたものだろうか。実家の住所は在学していた大学事務所なら知っているし、園田を通して送られてきたものかもしれないと思った。

だが、パンフレットの最初のページを開き、そこに挟まっていた手書きのメモを見て思わず息を呑む。

『君の人生が落ち着いて、また学問の道に戻る気になればいつでも手助けをしたいと思う。そして、「啐啄同時《そったくどうじ》」となれることを願っている』

文章の最後には峰原の名前があった。「啐啄同時」とは鳥の雛《ひな》が生まれるとき、雛は殻の中から突《つつ》き、親鳥は外から殻を突く。それが同時に行われて殻は破れ、雛は生まれる。師と弟子もまたそのような関係であり、教えようとする師と学ぼうとする弟子の気持ちが合って、理想的な師弟関係になれるということだ。

日本史と東洋近代史で専門分野は少し違っていても、日本近代史においては峰原から学んだことは数知れない。園田の東洋史と峰原の日本史の融合が自分の中で理想の東洋近代史であり、ミチルの卒業論文はまさに二人の恩師の教えの結晶であったと思う。

ミチルはパンフレットを眺めながら、すっかり冷めたコーヒーを一口飲んだ。大学院での二年の学習ののち、成績と教授からの推薦によって同大学での講師の道もあるとのこと。歴史学科の学生はそのまま大学院に上がる者が少ないらしい。理系の学問と違い、学ぼうと思えば一般社会に出て働きながらでもできるからだ。

なので、市井の研究者は大勢いるのだが、大学で教えることのできる人間がどれだけいるかといえば、思いのほか人材がいない。また、歴史学会は学閥《がくばつ》主義が未だに根強く残っているため、そこから弾《はじ》き出されてしまうと活動の場がなくなる。

そういう点を憂慮して、新たな人材を育てることに力を入れていくことが必要であるという趣旨で、ミチルにとっても魅力的な話だった。またカリキュラムもかなり選択の幅が広く、興味を引かれるものが多くあった。

パンフレットを一通り見て、もう一度峰原のメモを見つめる。そして、その癖のある文字を指先でなぞりながら彼のことを思い出す。

初めて出会ったときのこと、一緒に歴史談義で夢中になったこと、峰原が平安を語るときの熱の入りよう、執筆中の真剣な顔、何もかもが懐かしい。でも、彼との思い出はそれだけではない。何度も彼の腕の中で幸せな夢を見てきた。

東京に出たばかりの頃は解放された思いから誘いがあれば男と体を重ねることもあった。けれど、ミチルに本当のセックスを教えたのは峰原だ。彼に抱かれてミチルは本当の快感を知った。峰原にならば何をされてもこの体は喜んでいた。

（愛されていたんだ……）

とても深く、大切にしてもらっていたのだ。もちろん、あの頃もそれはわかっていたけれど、愛し方も愛され方も知らなかったミチルは自分から殻を突いて外に出ようとはしなかった。峰原だけが懸命に外から殻を突いてミチルを引っ張り出そうとしてくれていた。

自由に恋愛をすればいいと言ってくれていたことも、ミチルをこの先老いていく自分に縛っておくつもりはないと言っていたことも、すべてミチルのことを考えていてくれたからだ。愛して育み、そして巣立つのを見守る。それは本当の親のように深い愛情だった。

一行のことを許してくれたのも、また峰原の愛情だったのだとわかる。どんなに愛情を示しても頑なだったミチルが初めて惹かれていると認めた一行にならば、心を開くことができるかもしれない。そう思ったから、二人が心を通わせるのを見守ろうとしてくれた。

離れて暮らしていた実の息子が、自分と同じ道を歩もうとしていることを知り、峰原は複雑な思いだっただろう。ミチルは彼が峰原の息子とは知らず、一行のほうから声をかけてきたとはいえ、なぜよりにもよってミチルなのかと思っただろう。

結婚と離婚という自分の過去の過《あやま》ちを悔やむ気持ちや、一人息子への愛情もあり、三人の関係を認めるためには多くのものを峰原が耐えて呑み込んでくれたのだと思う。呑み込んだうえで、なおミチルを見守り続けると言ってくれた。

（先生……）

心の中で何度も呼んだ彼のことを思う。今頃どうしているだろう。もう大学は夏休暇に入る頃だ。また忙しく各地の講演会に回っているだろうか。執筆活動も忙しいに違いない。去年の暮れに今年の執筆スケジュールを見せてもらったが、あの時点ですでに六冊の依頼があった。

中には気軽に誰もが楽しめる入門編の日本史本もあったが、秋には峰原が近年力を入れている平安三九〇年についての総括本の第一弾が出る予定だ。おそらく、この夏はその執筆にかなりの時間を割《さ》くことになるのだろう。

普段は身の回りのことにも気遣っていてお洒落な人が、執筆を始めると途端に何もかまわなくなってしまう。洋服や無精ヒゲはともかく、食生活までおざなりになるのが心配だった。今は誰か彼の身の回りの世話をしてくれる人がいるだろうか。

あるいは、一行が気を利かして訪ねてくれているかもしれない。でも、そんな一行も今は社会人になっているから時間の余裕もないはずだ。本当ならミチルも会社勤めをしていて、一行と仕事の愚痴などこぼし合っていたかもしれない。

けれど、彼らの人生とミチルの人生は大きく離れてしまった。東京とこの田舎町の距離以上に、心がもう届かないところまで戻ってきてしまったような感覚だった。

手にしていたメモをパンフレットに挟み込むと、それらを丁寧に封筒に戻して居間の戸棚の引き出しに入れた。飲み終わったコーヒーマグを流しに持っていくと、いつもどおり掃除や洗濯などの家事を終えて夕刻には店に行く。

今日は土曜日だから、つきだしやツマミの仕込みも大目にしておかなければならない。それに、また常連客から注文が入るだろうから、ナポリタンのための野菜も切っておきたい。

母親の得意だったナポリタンは店の裏メニューのようになっていて、古い常連の人ほど飲んだあとに食べたがる。母親が作っていたのを何度も見ていたから同じように作っているのだが、どうしても味が違う。常連客には「年季が違う」とか「愛情が足りない」とか言われてからかわれるが、ミチルもその都度苦笑で応えるしかなかった。

店までは歩いて二十分程度の距離だ。駅を越えてほとんどシャッターの下りている商店街を通り抜けて角を曲がれば飲み屋通りに入る。

ミチルが幼少の頃はまだ今の家ではなく、この通りの突き当たりを曲がった路地にあるアパートの一室で母親と暮らしていた。だが、そのアパートも老朽化でミチルが中学に上がる前に取り壊されて、今の家に移った。

ミチルが常連客の男に車に連れ込まれたのも、あの路地の手前の道でだった。あのときの母親の慌て方と怒り方は今でもときどき思い出して、少し笑ってしまう。ミチルはそれほど危機感を持っていなかったが、母親にしてみれば大事な息子が悪戯されて本当に激怒していたのだ。

その常連客をヒステリックに罵《ののし》り、二度と店にくるなと怒鳴りつけ、男が車で走り去ったあと彼女はミチルをしっかりと抱き締めた。そのときの彼女が震えていたことをぼんやりと覚えている。怒鳴って息が荒いだけではなかった。きっと彼女も男に向かって怒鳴りながら怯えていたのだ。ミチルに何かあったらと思えば怖かっただろうし、自分より体格のいい男に向かっていくのだって本当は恐ろしかったに違いない。

それでも子どもを守るのが母親の愛情なのだ。車の中にミチルがいるとわかって、窓をガンガンと激しく叩いた母親と、それを見て助けてと手を伸ばしてドアノブを引いたミチル。それもまた母子の「啐啄同時」だったのだと思ったら笑みが漏れる。

店の裏口にはすでに酒屋から配達されたビールケースが積まれていた。店の鍵を開けてそれを運び込むと、カウンターの中に入って今日の仕込みを始める。

カクテルに使う果物や、ナポリタンの野菜をカットして冷蔵庫に保存しておき、店の掃除をする。毎晩店を閉めたあとに簡単に掃除はしているが、開店前には掃除機をかけてテーブルや椅子も全部拭いておく。母親の時代から続けてきた店は今年で二十年目になる。設備もキッチン回りも古びてきているが、改築や改装のための資金はまだまだ作れそうにないので、しばらくはこのまま丁寧に使っていくしかない。

掃除機のあと、入り口の足拭きマットも外に出て叩いておく。店の入り口を開けたついでに、少し早いが看板も出しておいた。

こんなふうに毎日が過ぎていく。もう近頃は母親のことで気持ちを整理するというより、何か諦めにも似た気持ちでここにいるような気がする。心が静かに麻痺《まひ》していっているのだろうか。それなら、それでもいい。ミチルの日常はこの町に溶け込み、母のように生きていくことに疑問もなくなっていた。

店に戻ったミチルは帳簿をつけるため、家から持ってきたノートパソコンを開きカウンターに座る。母親は紙のノートにせっせと書き込んでいたが、ミチルはそのノートを基にしてエクセルで簡単なフォーマットを作ってそこで帳簿管理をしている。

昨日の売り上げと各業者への支払い金額や設備経費を入力しているときだった。さっきマットを叩きに出たときに鍵を開けたままになっていた背後の入り口が開き、誰かが入ってくるのがわかった。電気はつけていないが、看板が出ているのを見てもう営業していると思って入ってきた客かもしれない。

「すみません。開店は五時からなんです」

そう言いながら振り返って、ミチルが思わず息を呑む。店のドアを開けて入ってきたのは客ではない。それは、バイクのヘルメットを小脇に抱えて立っている一行だった。

「ど、どうして……？」

驚きのあまり言葉はそれしか出てこなかった。そんなミチルを見ながら一行は安堵の吐息を漏らし言った。

「ミチル、やっと見つけた……」


「もう少し時間を置いたほうがいいかとも思ったんだ。けれど、どうしても会いたかったから」

バイクのヘルメットを隣のスツールに置いてカウンターに座っている一行が言う。ミチルはカウンターの中からグラスに注いだ冷たいウーロン茶を差し出す。

「相変わらずバイクに乗っているんだね。東京からだと時間がかかっただろ？」

「四時間くらいかな。バイクは渋滞がないからね」

「それで、仕事はどう？　もう会社にはすっかり慣れた？」

「なんとかやってる。入社してすぐに一週間の工場研修、そのあとの営業研修、飲み会の幹事、深夜残業でプレゼンの資料作り、人間関係の把握、先輩からの嫌味、社会人としての洗礼を一通り受けた感じかな」

一行は笑って言うが、社長の知り合いの息子として入っていることで風当たりのきついこともあるのだろう。ただ、彼はミチルと違って対人スキルもあるし、人好きのする明るい性格でうまくやっているのだと思う。

「ミチルのほうはどうだ？　少しは落ち着いたのかな？」

そう言った一行は興味深そうに店の中を見渡している。都会育ちでまだ若い彼には、こういう田舎町の場末のスナックの雰囲気は珍しいのだろう。

「見てのとおり。こうしてどうにか暮らしてる」

「あれから新聞の記事でも確認したけど、お母さんのことは本当に気の毒だったと思うよ」

しんみりと言われて、ミチルは黙って頷く。まだまだ心の傷は生々しくて、あの夜を思い出すたび泣きたくなるし、叫びたくもなる。けれど、それを呑み込む癖もついていて、そんなときは反対に笑顔を浮かべてしまうのだ。

「それより、よくここがわかったね。実家の住所は大学の事務局か園田先生に聞けばわかったかもしれないけど、店の場所なんて教えてなかったのに」

「住所は父さんが園田先生から聞き出したのを教えてもらった。大学の事務局は個人情報は出してくれないんでね。それで、実家のほうへ行ったら留守で、最寄駅前まできたら以前に携帯にメールをもらったとき添付されていた景色と同じだった。それで、その界隈でミチルの写真を見せて聞いたら、すぐにここだって教えてもらえたよ」

「ああ、狭い町だから。それに、寂れた田舎町でびっくりしただろ。おまけに、こんな時代錯誤な店だしね」

「あっ、いや、ミチルの家庭のことはなんとなく父さんに聞いていたから。それで、いろいろと悩みがあるってことも……」

一行は言葉を選んでくれているが、べつに隠すこともない。この町が自分の故郷で、これがミチルの育った環境だ。母親はああいう悲しい死に様で、ミチルはこの世でたった一人になったというだけのこと。

「まぁ、そうだね。一行には直接話すこともなかったけど、いろいろとトラウマになっていることはあったな。特に母親の存在は重かった。けれど、それももういまさらでね。結局はここに戻って母さんのように生きる運命だったのかなって思うよ」

「だったら、東京にはもう戻らないつもりか？」

「東京ね……。ほんの数ヶ月前にはそこにいたのが嘘みたいだ。今にして思えば、大学の四年間は自分の人生の中で一番楽しかった。まるで幻のような時間だったよ。この町から逃げ出して峰原先生と出会って、学問に夢中になれて一行にも会えた……」

そう言ってから、ミチルは自分もカウンターにグラスを出すと、冷蔵庫から取り出したビールの小瓶を開けて注ぐ。

「酒、飲むようになったんだな……」

「こういう商売だもの。飲まずにはやっていけないよ。おかげでずいぶん強くなった。もうビールくらいじゃ酔わないよ」

本当はまだ日の高いうちから飲むことなど滅多にないが、今はなんだかしらふで一行と向き合っているのが辛かった。そして、ビールを一口飲むとさらに話を続ける。

「でもね、今の生活がいやじゃないんだ。昔はあんなに嫌いだったこの町もこの店も、それに亡くなった母親のことも今は普通に受け入れることができるようになった。それだけじゃない。ここで生活している自分も案外嫌いじゃなくてさ」

「寂しくないのか?」

「平気だよ。母さんがやっていた頃の常連客が、ほとんど毎日のように飲みにきてくれる。僕が子どもの頃から知っている人もいて、寂しがっている暇もないくらいかな」

実際のところそれは大げさな話でもなく、こんな店でも相変わらず客が途切れることもない。

「それに、僕が切り盛りするようになってから、新しいお客も増えたんだ。なんか東京帰りの若い男が、こういう商売をやっているのが珍しくておもしろいらしい。僕も今になってみれば、普通の会社勤めよりこういう商売のほうが向いてるかなって思うんだ。ほら、女性が苦手だから、こういうところなら男しか飲みにこないからね」

一行はミチルの話を聞きながらも言いたいことが山のようにあるのだろう。ただ、冷静になろうとして言葉が出てこないようなので、ミチルは淡々と話を続ける。

「そういえば峰原先生からも封書が届いていたけど、先生はどうしているの？　元気にされている？　また執筆活動で無理していない？」

話題を変えて訊けば、一行は黙って頷く。またしばらくの沈黙が続き、一行はウーロン茶のグラスを握ったままミチルの顔をじっと見つめる。そして、小さく深呼吸をしたあとまるで意を決したように口を開いた。

「ミチル、寂しくないのか？」

「えっ、だからそれは……」

それはたった今答えたはずだ。聞いていなかったわけではないだろう。だが、ミチルがさっきの言葉を繰り返そうとしても、一行は席を立ちカウンターに身を乗り出すようにしてもう一度たずねる。

「本当に寂しくないのか？　父さんと離れて、俺のそばからも消えて、ここで本当に一人で生きていけるのかっ？」

押し殺したような声には彼のいろいろな思いが含まれているとわかる。ミチルはそれに対して小さな声で答える。

「支えてくれる人もいるからね……」

いつか峰原に実家の母親が寂しがっていないかと聞かれ、ミチルはあのときもこう答えた。今は自分自身のこととして一行にそう言うしかなかった。すると、一行はカウンターの中へと入ってきて、いきなりミチルの両腕をつかんだ。

「それは、こっちでできた恋人ということか？」

「そ、そうじゃないけど……」

一行につかまれた腕が痛くて怯えるようにミチルは身を引こうとしたが、反対に彼の胸元へと引き寄せられる。一行の両手はミチルの背中に回り、強く抱き締められた。

「あ……っ」

その瞬間、あまりにも懐かしい温もりにミチルは息が止まりそうになる。一行の腕の中にいて、彼と抱き合った記憶ばかりか峰原の温もりまでが一気にミチルの脳裏《のうり》に蘇《よみがえ》ってきた。

「どうしてだっ？　父さんも俺も待ってるんだ。ずっとミチルを忘れられずにいる。きっと戻ってくると思っていたのに、この町で一人で生きていくつもりか？　それとも、俺たち以外に抱いてくれる誰かがいるのか？」

抱かれてはいる。けれど、誰に抱かれても心で思っているのは峰原であり、一行のことだった。でも、そんなことは言えない。

「だって、僕は……」

「このままここにいて、ミチルの幸せはあるのか？　本当にこれで幸せだと言えるのか？　このままま た殻に閉じこもってしまう気かっ？」

そのとき、ミチルはまるで眠っている頬を強く叩かれたような気持ちだった。一行の胸の中でミチルは今の自分を見るように広くもないフロアの壁を見た。そこにはパネル状のミラーが何枚か貼られていて、母親はよくそこの前で髪や化粧のチェックをしていた。今は一行に抱き締められた自分の顔が映っている。

不安そうに、何か忘れていたことを思い出そうとしている顔だ。でも、それを思い出すのが怖いと怯えている顔でもあった。

「父さんには、もう少し一人で考える時間を与えるべきだと言われた。ミチルはずっと殻の中に閉じこもっていた雛のようなものだから、自分からそこを出るようにしてやらなければ傷つけてしまうって。それでミチルが東京へ戻ってくる気になったら、そのときは二人で迎えてやればいいと言っていた」

峰原もミチルを待っていてくれたことは、今朝受け取った封書でもわかった。ただ、峰原のメモを見て懐かしさを感じながらも、もう自分には縁のない世界だろうと諦めて封書を引き出しに入れたのだ。

「でも、俺はこれ以上は待てなかった。本当は、父さんの言っていることが正しいのかもし

れないと不安な気持ちはあったよ。俺よりもつき合いが長くて、ミチルのことをよく知っている人だからな。ここへくるまでもずっと迷っていた。あんな不幸な事件があって、まだ傷ついた心のままで辛い日々を送っていたなら、そばにいって慰めたいし励ましたい。でも、それが本当にミチルにとっていいことなのかどうかわからなかった」

東京での就職を辞めてこちらで暮らすことを電話で話したときも、峰原と違って一行は最後まで納得はできなかったと思う。峰原が時間を与えてあげようと諭してくれたから、これまであえて訪ねてくることもしないでいてくれただけだ。

「ごめん……。先生やカズユキの気持ちは嬉しかったんだ。でも、あのときはあまりにもいろいろなことがありすぎて、自分でも心の整理がつかなかった。あんな気持ちのまま東京へ戻れなかった。どうしてもできなかったんだ……」

ミチルは一行に抱き締められたまま、あのときの気持ちを正直に言った。母親へのトラウマや、彼女の死によって初めて知ったその愛情をこの地に残して、一人東京に戻ることがどうしてもできなかった。

「たとえそうだったとしても、こうして会いにきたのは間違いじゃなかったと思う。今のミチルを見て、俺はそう確信したよ」

「カズユキ……」

戸惑いとともに彼の名前を呟けば、ミチルの肩をつかむ手と背中に回った手にさらに力がこもり、一行は確信を持って言うのだ。

「今のミチルは全然幸せそうじゃない。東京にいたときよりも寂しそうに見える。このままじゃ駄目だ。気持ちの整理をしたまま動けなくなっているなら、俺は何があってもミチルを東京へ連れて帰るよ。そうしないと、せっかく殻の外に出ようとしていたのに、また閉じこもったままになってしまう。この町で閉じこもってしまったら、もう二度と出てこなくなるだろう。そんなのは絶対に駄目だ。俺も辛いけど、父さんはもっと悲しむと思う」

「そ、それは……」

「本当は俺のために帰ってきてくれって言いたいんだ。でも、それだけじゃない。それ以上に父さんを見捨てないでほしい。あの人にはミチルが必要なんだ。自由だけれど、寂しい人なんだ。人に弱味を見せないでいるし強がっているけど、ミチルとなら心から支え合えると思うから……」

「僕が先生を支える……?」

一行は問いかけるミチルにしっかりと頷く。

「ミチルは父さんにとってかけがえのない存在なんだ。悔しいけど俺は父さんからミチルを奪うことはできないと思う。俺にとっても大切だけど、今はまだあの人の思いに敵《かな》わない。ただ、そばにいて愛したいし守りたいだけだ」

一行の言葉はこんなにも胸を打っているのに、ミチルにはもう東京での自分の未来が見えない。一度途切れてしまったレールの先には何もない。ミチルがその不安を呟くと、一行はミチルの頬を両手で挟み顔を見つめる。

「父さんがいる。俺もいる。ミチルのレールはまだ続いているよ。不安も寂しさも全部受けとめる。約束する。大丈夫だから、信じて出てきてくれよ」

そう言うと、一行はミチルの唇を自分の唇で啄《つい》ばむ。何度も何度も、まるで親鳥が雛に餌《えさ》でも与えるように繰り返し口づける。そうしているうちに、ミチルの中に忘れていたあの甘く優しい快感の火がともる。

懐かしい口づけは、峰原の優しくて激しい口づけも思い出させる。

甘えていいのだろうか。本当は甘えたい。本当は寂しかった。ただ、生前の母親を誤解していたことが申し訳なくて、詫びることもできない代わりにこの町で供養してあげなければならないと思ったのだ。それがいつしか惰性のようにこの町にいて、弱い心がこの店にしがみついていたのかもしれない。

「ミチル、帰ろう。東京へ帰ろう。東京はミチルのもう一つの故郷だろう。父さんと俺が待っている場所だから、戻ってこいよ」

「カズユキ……」

啄ばむ口づけがやがて深くなり、甘い吐息の合間に髪や頬を撫でられる。他のどんな男たちとも違う、これは確かに自分が求めていた温もりだった。

母は母親の本能としてミチルを守るためにあの車の窓を叩いてくれた。峰原は学びの恩師として、また愛情を注ぐ父のようにミチルの心の殻を突き続けてくれた。そして、今度はこの町に縛られそうになっていたミチルを目覚めさせるために、一行がやってきて抱き締めてくれた。

これが愛されるということなのだと、そのときミチルはようやくわかった気がした。そして、今度はミチル自身が愛し方を知らなければならない。与えられた愛に応えて、今度こそそれをちゃんと覚えようと思った。

◆◆

十月になって注文していた母親の墓ができ、無事に納骨式も終えた。その翌日、ミチルは久しぶりに東京へ戻った。目的はS大学の大学院生募集の説明会に参加するためだ。S大学は峰原が教鞭を取っている大学だが、ミチルがこのキャンパスへ足を運ぶのは初めてだった。

彼はミチルにとって園田と同じくらい多くのことを学んだ恩師で、もしかしたらこの大学のどの学生よりもたくさん彼の講義を聞いているかもしれないと思うと、なんだか奇妙な気分になった。

説明会には思いのほか大勢の六十名ほどが参加していて、なかなか盛況だった。次代を荷う研究者を育てたいという意気込みが大学にはあって、各学科とも比較的派閥にとらわれていないと思われる教授の名前が並んでいる。

この日は西洋史と日本文化研究の担当教授が、それぞれの研究室の主な研究対象や特徴などの説明にきていた。峰原は講義があるのか、説明会には不参加だった。もしかしたら顔を見ることができるかと思ったけれど、どうやら今日のところはそれは叶いそうもない。

でも、久しぶりに会ったら何を言えばいいのか、まだ頭の中でうまく気持ちが整理できていないので、会えなくてよかったかもしれないと思った。

とりあえず、説明会に行くことは一行には伝えてある。彼から峰原にも伝わっていると思うので、ミチルの気持ちはわかってくれていると思う。

夏に突然ミチルに会いにやってきた一行は、母親の死を悼《いた》みながらあの町に埋もれそうになっていた心を揺さぶり、目を覚まさせてくれた。たった一人の身内で息子として、母親の供養はしなければならないと思う。けれど、自分の幸せを忘れてしまうのは間違っている。一行はそのことに気づかせてくれた。

亡くなった母親は、ミチルが戻ってくることができるようにあの町で暮らし続けていた。それは傷つき心を休めたくなったなら、自分自身がミチルの帰る場所となればいいと思っていたから。彼女はそれが母親としての務めだと考えていたのだ。

けれど、一行は東京もまたミチルの故郷だと言った。あの町で母親の代わりに店をやりながら暮らしているミチルを見て、帰ってくる場所は東京にもあると言ってくれた。峰原と一行の待つ場所がもう一つのミチルの戻る場所なのだと。

母親が最後に愛した男である古谷は、『男はいつだって逃げるんだよ。それで、女は待つんだ。そういうふうにできてるんだ』と言った。あのときはそうかもしれないと思った。けれど、どうやらそうでもなかったようだ。待っていてくれる男もいる。そうやって愛情を示してくれる人もいるのだ。

説明会によれば、願書提出期限は今月中で、十一月の下旬に筆記試験と十二月の上旬に口述試験がある。合否の結果は一月に入ったら出るとのことだった。

ミチルは引き続き東洋近現代史を専攻して研究したいと思っている。四年間、一応自分の納得のいく形で学んできたが、さらにアジアの歴史を掘り下げていき日本との関係を明確にして、これまでの通説に過ちがあれば恐れずに正していきたい。

峰原を見ていれば、それが歴史学会においては荊の道であることは想像できる。だが、最初から市井の研究家であればいいという気持ちだったミチルにしてみれば、学閥にほされても無視されても痛むところはない。子どもの頃と同じ、己の好奇心を満たすために学べばいいだけだ。

大学院の授業料はスナックの権利を売ればどうにか捻出《ねんしゅつ》できそうだった。あとは生活のために必要ならどんな仕事でもして、自分一人くらい生きていける。そう思うと、また学びの場に戻れることが楽しみで仕方がなかった。

説明会が終了して会場をあとにしたミチルがキャンパスを正門に向かっているとき、携帯電話にメールの着信があった。見れば一行からのメールだった。仕事中のはずなのに、ミチルがちゃんと説明会に参加したか心配してその様子をうかがう内容だった。

時間が許すなら会っていきたかったが、もうお互いに学生ではなくて仕事がある。ミチルもこの足でまた地元に戻り、夕方からは店を開けなければならない。

大学院の試験に受かれば春から東京に戻ることになる。だが、それまでは地元で店を続けて、最終的には店の権利を売りに出して処分するつもりだ。母親と彼女を愛してくれた人たちの思い出がいっぱいに詰まった店で、ミチルにとっても幼少の頃からそこで過ごした時間は少なくない。

それでも、いつもまでもあの店に縛られていてはいけないと思った。あの店は母親の人生であっても、ミチルの人生は別なのだ。

『説明会は終わったよ。今度は筆記試験の日に上京する予定』

立ち止まって一行へのメールを打っているときだった。背後から誰かの手がミチルの肩にかかり、ハッとして振り返った。そこには、あまりにも懐かしくて優しい笑顔の峰原が立っていた。

「せ、先生……」

「ミチル、久しぶりだね」

講義を終えたところなのか、テキストを小脇に挟み、頭には愛用のリーディンググラスがのったままだ。

「ご無沙汰《ぶさた》してしまい申し訳ありませんでした」

ミチルが頭を下げて今日まで連絡をしなかったことを詫びた。事情が諸々《もろもろ》あったことは峰原も理解してくれているが、自分の行動が彼の恩義に対して非礼であったことは今も心から申し訳なく思っている。だから、ただ頭を下げるしかない。だが、峰原はミチルが詫びることなど何もなかったかのように、穏やかな口調で語る。

「大学院のこと、前向きに考えてくれているんだな。一行からも聞いていたが、君の姿をこうして自分の目で見て安心したよ」

「先生が送ってくれたパンフレットを読んで、もう一度学びの場に戻りたくなったんです。いろいろありましたが、ようやく気持ちが前向きになりました」

本当はパンフレットというより、峰原のメモを見てその気持ちがかき立てられた。もちろん、あの日一行が会いにきて、ミチルの目を覚まし背中を押してくれたことが大きなきっかけになったことも間違いない。

「そうか。よかった」

そう言ったきり峰原は何も言わずにミチルを見つめる。ミチルもまた言葉のないまま峰原を見上げていた。そのとき、ミチルの脳裏には峰原と過ごした二年あまりの日々が浮んでいた。彼から受けた愛情の深さに今あらためて心から感謝していた。

息子を失った峰原と父親を知らないミチルが、互いにないものを求め合った部分はあったと思う。けれど、その大きな愛でいつもミチルを包み込んできてくれた。閉じこもったままのミチルの心を外へ連れ出そうとして、殻を外から突き続けてくれた。そして、今ミチルはようやく彼の前に素顔の自分自身で立っている。

峰原はまだミチルを愛しいと思ってくれるだろうか。自分はこの人のもとへ戻ることができたのだろうか。一行は峰原も自分とともにミチルを待っていると言っていた。けれど、こうして峰原の前に立ってみたら急に不安になる。

そのとき、峰原が頭にのせていたリーディンググラスを外すと、それをジャケットの胸ポケットに挿《さ》してからもう一度ミチルを見て言った。

「君に会いたかったよ。とてもとても会いたかった……」

静かな口調だった。そして、その言葉がすべてだった。ミチルも会いたかった。他の男の腕の中で乱れながら峰原のことを思い出した夜が幾晩あっただろう。一人の夜はもっと思い出していた。一行を思い出すときでさえ、必ず峰原のことも思っていた。

「僕も会いたかったです……」

そう呟いた途端、峰原のテキストを持っていないほうの腕がミチルの肩に回った。そのまま無言で彼の胸に引き寄せられたミチルは、少し驚きながらもそっと自ら額を寄せた。

人の行き交う正門の近くだけれど、もうそんなことはどうでもよくなっていた。自分はようやく峰原の腕の中に戻ることができたのだ。

自分の意思で彼のそばにいたいと思ったから、今度こそその愛に怯えず向き合おう。縋っても頼っても、その人しか見えなくなっても、全部愛は愛だ。やがて壊れる日がくるとしても、今は目の前の愛を抱き締めていたい。生前の母がそうであったように、ミチルもまたそうして生きていこうと思うのだった。


「何、これ？　もしかしてまた父さんに縛られた？」

ミチルの手首にうっすらとできた跡を見て、一行が呆れたように言う。

「平気。先生はちゃんと加減を知っているから。それに、僕もそうされるのは嫌いじゃないんだ。自分があの人のものだって思えて、すごく興奮するの……」

口元に淫靡な笑みを浮かべて言えば、一行はなんともいえない表情とともに苦笑を漏らす。

「ミチルにそう言われたらなんか悔しいけど、父さん相手じゃしょうがないか」

そう言いながらミチルの手首に唇を寄せると、そのまま肘《ひじ》の内側、二の腕、肩、鎖骨とさかのぼっていく。ミチルが身悶えて甘い声を漏らす。それを聞いて、一行の唇が今度は胸から脇腹を通って股間へと落ちていく。

「ああ……っ。んんぁ……っ」

峰原と違い、若い一行のセックスは遊びがなくて真っ直ぐだ。ほしいものをストレートに求めてくる。峰原の濃厚で淫靡なセックスもいいが、ただ情熱的に抱かれるのもいい。そして、ときにはミチルのほうが彼を翻弄したくもなる。

「ねぇ、僕にもやらせて」

そう言うと、ミチルは体を入れ替えて彼をベッドに横たわらせ、その股間に顔を埋めた。一行のものはとてもりっぱだと思う。口に銜《くわ》えていても、量感で呼吸が苦しくなるほどだ。それでも、ミチルの口淫で一行が低く呻《うめ》くのを聞くと、興奮で背筋がゾクゾクと震える。

もちろん、峰原のものを口で愛撫することもあるが、そのときは奉仕の気持ちが強い気がする。ミチルを可愛がってくれる気持ちに応えたいと思うし、自分を満たしてくれる彼のものを愛しく思うから。けれど、一行の場合は少し違う。抱かれてはいても、自分も彼を貪りたいと思うし、それによって満たしているのだという気持ちになる。

どちらのセックスもミチルを夢中にさせる。愛欲と官能の海はとても深くて、ミチルはどこまでも沈んでいく。それに怯えていたときもある。このまま溺れてしまったら、二度と浮き上がってくることができなくなるのではないかと不安にもなった。

「うぅ……っ、ミ、ミチル……っ。駄目だ。それ以上は……っ」

そう呻くと、一行はミチルの柔らかい癖のある髪をそっと握る。

「どうして？　口でいけばいいよ。飲んであげるから」

「いやだ。ミチルの中でいきたいから」

ミチルの淫らな誘いを拒んで、中で果てたいと言う。ミチルはにっこり笑って彼の股間から顔を上げる。

「じゃ、きて」

一行の首筋に両腕を回して自ら体を密着させる。絡みつくようなミチルの体をしっかりと抱き締めたままベッドに横たわり、一行がミチルの後ろの窄まりを探ってくる。潤滑剤を使ってそこを二本の指で解され、濡れた淫らな音とともに喘ぎ声を漏らす。

「あぁ……っ、んぁ……っ、んく……ぅ」

最初にミチルを抱くときに後ろはちゃんと慣らすようにと峰原に言われ、一行はきちんとそれを守っている。ときにはミチルのほうがもどかしいくらいで、もう充分だからとねだってしまう。

「ね、ねぇ、もう、もうほしい……っ。入れて。カズユキのを入れて……」

「俺ももうきつい……」

自分の限界も簡単に認める潔さがミチルには新鮮に思えるけれど、きっと一行は父親と比べられるのは不本意なんだろう。

「もう少し足を上げて」

言われるままに足を開けば、後ろの窄まりに硬く熱いものが押し当てられる。それだけでミチルの体は快感の期待に震えて、自分自身の先端から透明なものが溢れ出してくる。

「ミチル……っ」

充分に解されたそこに一行のものが深く突き刺さる。じわっと込み上げてくる快感が、やがて抜き差しが始まると今度は大きな波のようになってミチルを突き上げる。

「あぅ、ああ……っ、いい……っ。カズユキ、いい……っ」

強く打ちつける動きにおきざりにされないように、ミチルは彼の首に両手でしっかりとしがみつく。密着させた二人の下腹に挟まれてミチル自身が刺激され、手で擦ることもないままそこが熱くなって限界を迎える。

「も、もうっ、いくっ。カズユキ、きてっ。一緒に、きてっ」

「ミチル……っ」

一緒にいきたいと誘うミチルに応えるように、一行は最後に激しく腰を動かしていたかと思うとピタリと止まってその瞬間を迎える。

ほぼ同時に、自分の下腹と体の中が濡れる。下半身だけがカッと熱くなり、同時に頭の中がスゥッと冷えていく感覚。これが恍惚《こうこつ》というものなのだろう。峰原に抱かれて何度も味わっていたはずなのに、ミチルがそれをはっきりと認識したのは一行に抱かれてからのこと。峰原はあまりにも巧みにミチルを快感の海に沈め、その時間が長く続くので、恍惚を瞬間として感じることが難しい。むしろ激しさが勝って拙《つたな》さが残る一行とのセックスだから、こうして気づくこともあるのだ。

荒い息を整えながら、二人はまだぴったりと体を寄せ合っている。ミチルの背に腕を回しながらも、一行は瞼《まぶた》を重くしている。

無理もない。昨日は終電まで残業していて、この部屋にやってきたのはすでに日付が変わり一時を過ぎていた。それでも疲れた体で求めてくるのは雄の本能で、ミチルはそれを受けとめてやれるのが嬉しいのだ。

「ほら、もう眠るといいよ。シャワーは明日の朝ね」

眠気を堪えてミチルの背中を撫で続けている一行にそう言ってやると、彼は一言「ごめん」と呟いてそのまま眠りに落ちていった。

通勤に便利だからという理由もあるが、近頃は実家へ帰るよりここへくる日のほうが多いかもしれない。彼の家族はそれについて何も言わないらしいが、すでに社会人になった息子の行動をとやかく言えるものでもないのだろう。少なくとも、彼は母親に優しく、義父の望みどおり会社を継ぐことも考えている。それ以上のことを望んで強いて、一行の自由を奪うことは彼らにとっても本意ではないと思う。

ミチルは一行の体にシーツとブランケットをかけてやり、自分はベッドを下りて部屋を出る。その足でシャワーを浴びにいってからローブを羽織り、まだ明かりのついているリビングに行く。

リビングの片隅に設けた書斎スペースでは、峰原が今年の秋に刊行予定の「平安三九〇年史」の第二弾の原稿を執筆している。

「先生、まだやっているんですか？　そろそろ休まれたほうがいいですよ」

ミチルが背後から声をかけると、峰原はリーディンググラスを頭の上に持ち上げて椅子ごとこちらを振り返る。

「ミチルこそまだ起きてたのかい？　一行はどうした？」

「さっき眠りました。仕事で疲れていたみたいです。先生と一緒で、彼も無理をするから心配……」

そう言いながらミチルは峰原のそばまで行って、彼の椅子の肘掛に浅く腰をかける。そして、デスクの上のパソコンをのぞき込み原稿の進み具合を見ていると、峰原はミチルの腰に手を回してきてシャワーを浴びてきたばかりの体に疲れた顔を押しつけてくる。

「ミチルはいつもいい匂いがするな。わたしも一行みたいに甘えさせてほしいね」

いつもは長身の彼を見上げているが、たまにはこうして座っている彼を少し高い位置から見下ろすのも新鮮な気分だ。そして、峰原はミチルのローブの裾を開き、ちょうどいい位置にある股間に手を伸ばしてくる。そんな淫らな行為で、さっき一行とともに果てたばかりの体が簡単に高ぶりを思い出す。ミチルは小さな喘《あえ》ぎ声とともに、峰原の少しヒゲの伸びてきた頬をそっと指先で撫でながら囁いた。

「先生のベッドに泊めてくれるなら、甘えてもいいですよ。僕のベッドはカズユキに占拠されていますから」

「もちろん、わたしのベッドはいつも君のために空いているよ」

峰原の言うとおり、彼の部屋の寝室でミチルは幾度となく夜をともにしてきた。今は自分の個室を与えられて同居しているものの、そこに一行がやってくると彼がミチルのシングルベッドで眠り、ミチルが峰原のところへ行くこともある。

今年の春からミチルはあらためて上京し、峰原のマンションで同居しながら大学院へ通っている。そこへ一行が通ってくるようになって、いつしかこれが三人の形になっていた。相変わらず、他人から見れば奇妙な関係かもしれない。それでも、自分たちにはこれが一番自然な状態に思えるのだ。

「ミチルが戻ってきてくれてよかったと思うよ」

峰原はいつものように頭にのせていたリーディンググラスを外してデスクに置くと、ミチルの腰を抱きながら少し疲れた様子で呟いた。

「僕も先生のところへ帰ってくることができて幸せです。それに、今はカズユキも一緒だし……」

「君のおかげで十数年ぶりに息子まで帰ってきた。幸せ者はわたしのほうだ」

「そんな……」

一行のことではむしろ峰原に複雑な思いをさせていると思っていた。だが、彼はそうじゃないと微笑む。

「みっともない弱音だがね、妻子と別れてからずっと一人で生きてきて、正直老いに怯えることもなかったわけじゃない。だが、それを誰かに言えるほど潔くないんだな、わたしという人間は」

峰原は見栄張りなんだと自嘲気味に笑う。いつか聞かされた本音にミチルは彼の人間としての優しさを感じたけれど、同時に自由に生きるために孤独を選んだ寂しさもあるのだと知った。

「でも、今はいい。とても幸せだ。愛する君がそばにいてくれる。まだ先のこととはいえ、わたしが老いて君を残していくことになっても一行が一緒にいてくれるだろう。人が見れば歪な関係かもしれないが、君がいて一行がいて、わたしは今になってようやく自分の家族を持つことができたような気がする」

「先生、僕はどこにも行かないから。ずっとあなたのそばにいますから……」

そして、新しい家族を大切に愛して生きていきたい。ミチルは両腕を彼の首筋に回し、しっかりとその頭を自分の体に抱き寄せる。疲れている峰原もまた自分の額を預けながら、ミチルの腰を抱き締めてくれる。

父のように慈しみ愛してくれる人と、友人のように心を許し思いを寄せてくれる彼。母親を失い一人になったミチルもまた、彼らを家族のように慕うだろう。

そうして毎日のように愛は積み重なっていく。昨日の不安も戸惑いも、今日を越えて明日には新たな愛になる。愛がわからなくて、怯えていただけの日はもうはるかに遠かった……。

明日も愛はある

◆◆

その日、社会史アジアの選択科目である中国語の講義を受けたあと、ミチルは文学部の各教室が入っている学舎に向かった。同じ文学部で、この大学の日本史学科で教鞭《きょうべん》を取っている峰原《みねはら》に呼ばれていたからだ。

意図的なのかどうかわからないけれど、都内に立地していてモダンなデザインのコンクリート建築の並ぶ中、文学部の歴史学科だけは木造の大学建設当時からの学舎を割り当てられて使用している。

もっとも、それで学部全体が冷遇されているわけではなく、むしろ昨今ではその年代ものの木造建築がレトロでお洒落《しゃれ》だと他の学部の学生から羨《うらや》ましがられているのだ。

ミチルが峰原の部屋の前まで行くと、廊下が何やら騒がしい。学生が数人たむろしていて、その他にも外部の人間もいるようだ。ライトやガンマイクを持っている人が出入りしていて、すぐにテレビの撮影スタッフだとわかった。

峰原がテレビや雑誌の取材を受けることはよくある。以前から堅い歴史雑誌や日本史を特集した専門誌などの取材は多かったが、彼の写真がそういう雑誌に出る機会が増えるにつれ、テレビ出演のオファーも舞い込むようになっていた。

昨今の若い女性を巻き込んだ歴史ブームもあり、本格的な歴史検証番組や娯楽色の強い教育番組もたくさん作られている。そこで専門家に語らせるとき、峰原という存在はとても都合がいいのだ。

まずは日本史研究者の中では比較的年齢が若いのに、学会でもそれなりの知名度がある。同時に、学会の枠に縛られないでものが言える。弁舌はさわやかで誰の耳にも心地よいが、語る内容はときに過激で人の心を巧みにつかむ術《すべ》を知っている。

それに加えて、大人の男性として落ち着きのある魅力的な容貌に視聴者は心を奪われるのだ。

(特に、妙齢の女性はね……)

ミチルは心の中で溜息《ためいき》交じりに呟《つぶや》いていた。撮影の様子を見ようと集まっている学生も、ほとんどが女性ばかりだ。だからといって、峰原が男子学生に人気がないかといえばそうでもない。

女子学生は峰原の容貌やスマートさがステキだと騒ぐけれど、男子学生には別の意味で人気がある。簡単に言ってしまえば、男気があって湿った部分がない。明るくて人に優しいけれど、己《おのれ》の信念を曲げて人に迎合するようなこともない。そういうところが話していれば伝わってくるので、男子学生は心を開きやすいのだと思う。

結局のところ、ミチルが峰原に惹《ひ》かれたのも彼の知性と同時にそういう部分が大きかったと思う。さらには、母子家庭で育ったミチルには父性への絶対的な憧れがあった。肉体の快感と心を満たす父性にも似た愛情。その両方を与えてくれた峰原のそばで生きていくことを決めるまでには、それなりに紆余曲折があったのも事実だ。

峰原は大学教授という立場や、離婚した妻や息子のことを考えてあえて同性愛者であるということをカミングアウトしていない。だが、離婚後は自分を偽ることなく生きてきて、今はミチルというパートナーとともに、一度は断絶していた実の息子である一行《かずゆき》とも親子関係を取り戻している。

「それでは、本番いきまーすっ」

ミチルが野次馬の学生に交じって廊下から様子をうかがっていると、テレビ局のスタッフが叫びアシスタントディレクターがこちらに向かって声を立てないようにと合図を送る。学生たちは行儀よくその指示に従いながら、撮影の様子を見守っている。

『峰原教授がご専門とされている平安末期から鎌倉時代ですが、この時代の特出するべき人物としてはやはり源　義経《みなもとのよしつね》でしょうか？』

『そう言えば喜ばれるでしょうが、あいにくと天邪鬼《あまのじゃく》なもので義経にはまったくといっていいほど興味がない。ただ、研究している時代の一登場人物という感覚ですかね』

『そうなんですか？　なんだか意外な気もしますが……。それでは、先生が研究者として一番関心を持たれている人物としては平　清盛《たいらのきよもり》、もしくは源頼朝《よりとも》あたりでしょうか？』

『清盛という男は面白くてね、個人的に好きですよ。なので、ずいぶんと研究もしましたし、現在は定説とされている清盛の評価に関して不服に思う部分はありますね。ただ、長い歴史において平安時代というのはたかが三九〇年。そこをどんどん突き詰めていくと、西行《さいぎょう》に行き着いてしまったというところですかね』

『西行ですか……』

『そうです。武士から僧侶となって、なお素晴しい歌を数多く残し、己の死さえもその歌に詠《よ》んだように逝《い》った伝説の人物ですね』

歴史番組の場合は人物や時代が特定されていて、詳《くわ》しい研究者にもっともらしい話をしてほしいと前もって依頼がくると聞いている。インタビューにそれなりの時間をかけても、最終的にはテレビ局が適当に編集して使うということが常だ。

だが、今回はインタビュアーの質問から察するに、ずいぶんと話題が幅広い。平安時代に特化した取材ではなく、歴史ブームに関しての考察を目的にした番組構成らしい。こういう機会を与えられると、峰原は周囲を呑み込んで自分の独壇場にしてしまう才能がある。

質問に答える形で彼の興味の対象であり、昨今かなりの時間を割《さ》いて研究している西行について熱心に語っていたが、放映の際にどのくらいそれが流れるのかは知らない。それでも、とりあえず峰原が満足ならそれでいいだろう。

「はいっ、カットー」

プロデューサーらしき人物の声が響き、周囲にざわめきが戻る。インタビュアーの女性も椅子から立ち上がり、峰原に頭を下げて礼を言っている。彼女が民放の美人で人気のアナウンサーだということくらい、世間の流行に疎《うと》いミチルにもわかった。

こうしてテレビに出るのは峰原個人の意向ではなく、むしろ大学側が望んでいることだった。峰原がテレビ画面に映るたびに、大学名と学部が字幕で出る。ときには峰原を訪ねてくるシーンとして、大学の正門やキャンパスの風景も映し出される。それは近頃学生数が減っている大学にとって、金をかけずにできる宣伝になるからだ。

「峰原教授、ありがとうございました」

インタビューをした女性アナウンサーは、そつない態度で峰原に礼を言っている。どこのメディアに対しても、歴史そのものを偏向報道しないかぎり峰原はいつも紳士的だ。

「こちらこそ、西行の話に振ってしまって申し訳ない。上手に編集してくれることと思いますが、あまり過激な部分は使わないでください。この世界でメシが喰えなくなってしまいますから」

そんなことを言っているが、本当は学会から締め出されたところで痛くも痒《かゆ》くもないのだ。それは、いつほされても怖くはないという経済的、そして精神的裏づけがあるから。

資産家の峰原は両親から受け継いだ遺産があって、死ぬまで不自由なく暮らせるだけのものは持っている。それがあるからこそ、頭の固い学会に睨《にら》まれてもなんとも思わず好きに自論を唱えていけるのだ。

皮肉なもので、そういう峰原の言葉が世間では強く支持されているのも時代というものかもしれない。情報媒体が書物の他にはテレビや新聞しかない時代とは違い、今ではインターネットを通して人々は真実が何かを己の感性で探し出す。今回の峰原のインタビューがどういう反響を呼ぶのかわからないが、取材にきたテレビ局のスタッフは大いに満足した様子だった。

「峰原教授、今日はもう講義はないんですよね？　だったら、どうですか？　打ち上げということで一緒にお食事でも？」

スタッフが撤収している中で、女性アナウンサーが峰原を誘っていた。近頃はそういう場に出向くのがすっかり億劫《おっくう》になっている彼は、案の定何か適当な言い訳はないものかと考えている。そのとき、峰原は廊下の外から部屋をのぞき込んでいるミチルの姿に気がついた。

「ミ……、越野《こしの》くん。ちょうどよかった」

そんな言葉とともに手招きをする。ミチルが慌ただしく撤収作業をしているテレビ局のスタッフの合間を縫って部屋に入っていくと、安堵《あんど》したように頰《ほお》を緩める。

「来週の講演会の件で資料が用意できたので、このあと一緒に打ち合わせを……」

食事の誘いを断る理由に講演の打ち合わせがあるふりをしようとしたが、峰原の言葉が終わらないうちにアナウンサーの女性はミチルのほうを見てハッとしたようにたずねる。

「うわぁ、きれない子ですねぇ。彼も先生の教え子なんですか？」

「あっ、いや、そういうわけではないんだけどね……」

この大学の院生ではあるが、ミチルは専攻が違うので峰原の直接の教え子というわけではない。そのあたりの説明が難しいのだが、向こうはそんなことはどうでもよかったらしい。

「じゃ、彼も一緒にどう？　これから峰原先生と一緒に飲みにいくの。局から予算が出ているからご馳走《ちそう》してあげるわよ」

雑誌の取材は比較的地味だが、テレビの場合は花形アナウンサーとか、ちょっと名の知れた芸能人がくる場合が多い。彼らのすべてとは言わないが、有名人で周囲から気遣われることに慣れているせいなのか、少しばかり礼儀が足りない人もいる。この女性アナウンサーもそういう類《たぐい》の人なのかもしれない。

今回は峰原が自由に語る代わり、大学の宣伝もしっかりとしてもらうという暗黙の了解があったようで、彼女の誘いを突っぱねるのは難しい。そのあたりの事情を耳打ちされてミチルも納得すると、結局その夜はテレビ局のスタッフの接待という形で、二人揃《そろ》って食事の席に招かれることになったのだった。

強引というより乱暴な誘いだったが、今の時代でもこういう感覚で生きている人たちがいるらしい。ミチルが生まれて間もない頃、日本には「バブル」という幻の中で人々が浮かれていた時期があった。

当時はとりわけ各種金融、不動産業、そしてマスコミ関係者らがずいぶんと甘い汁を吸い、豪奢《ごうしゃ》な暮らしぶりだったと聞いている。

ところが、そのバブルは崩壊し、冷え切った日本経済の中でどの業種も「経費削減」がお題目のようになっていた。それが、ここのところ景気回復状況にあって、マスコミが再び強気になっているのかもしれない。

経済についてはは専門ではないミチルだが、近現代史を専門にしている身としては、つい数十年前の悲劇を人はそんなに簡単に忘れられるものかと不思議だった。

「わたし、先生の著書は全部読んでいるんです。どれもすごくわかりやすくて、勉強になりますよねぇ」

女性アナウンサーは媚《こ》びた声色で峰原にせっせと酒を勧めている。成り行きで同席しているミチルだが、思っていたよりも高級な店だったので、末席で食事をしていてもひどく落ち着かない。

たびたび峰原と視線が合えば、彼が申し訳なさそうにしているのが手に取るようにわかる。本当は取材が終われば、そのままミチルと一緒に帰宅するつもりでいたのだ。

今回は大学側からいろいろと縛りがあったうえ、強引な女性アナウンサーに押し切られた格好だが、こういうことはこれまでもなかったわけではない。とにかく、峰原は五十を前にして男として充分すぎるほどに魅力的なので、男女を問わずに出会った人が彼に惹かれる気持ちはよくわかる。

特に、今回の番組を担当していたアナウンサーの彼女も離婚歴がある独り身で、年齢的にも峰原に気持ちが奪われるのは無理もないことだと思う。あからさまにアプローチをかけている様子に、周囲のスタッフまで彼女の機嫌を損ねないよう気遣っているのがわかる。

二人の会話に割り込まないよう、同じテーブルを囲みながらも別の話題で適当に盛り上がっている。そんな中でスタッフの一人がミチルの姿に目をとめて、声をかけてくる。

「君は峰原教授の教え子なんだろ？　だったら、最近の歴史ブームとかどう思ってるの？」

「よいことだと思いますよ。ただ、もう少し近現代史にも興味を持ってほしいですけどね」

「近現代史？　あの時代って学校でも時間がなくて習わないし、やっても戦争ばかりで暗いしなぁ」

「でも、だからこそ今の時代に必要な知恵や知識がいっぱい詰まっていて……」

「うへぇ。俺、苦手だよ。『日の丸』とか『君が代』とか、正直オリンピックのときに見るだけでいいや」

ミチルとあまり年齢が変わらない若者が酔っ払った口調で言うのを聞いて、内心大きな溜息が漏れる。マスコミ関係は左寄りの人が多いが、ミチルが極端に右寄りというわけでもない。ただ、振り返ればすぐそこにある過去の真実を知りたいという探究心で学んでいるのであって、自国の歴史を直視しないで報道に携わっていることのほうがおかしいと思う。

けれど、こういう人たちと議論をしたところで虚《むな》しいことはわかっている。ミチルには残念ながら峰原のように弁舌さわやかに、人々の興味を引いて説得するような力はない。知識を蓄え、資料を精査し、いずれ自分の思うところをまとめることができればいい。あるいは、必要としてくれる人があれば、自分の知っていることをきちんと話して伝えたいと思うくらいだ。

黙りこむミチルの周囲では、いつしか話題が最近の映画のことに移っていた。映像関係のことは仕事柄興味があるのだろう。だが、その話題でも戦争映画について、アメリカのエンターテイメント性に比べて、日本のものは暗くて湿っぽくておもしろくないとさっきの若者が笑いながら話している。

それだけでもかなりうんざりしていたが、そのうちあきらかに間違った歴史観を堂々と語り出したので、ミチルは我慢ができなくなり席を立つ。見れば、長テーブルの反対側で女性アナウンサーが、峰原の肩によりかかるようにして話しかけている。馴《な》れ馴れしさを通り越した態度であることは一目瞭然だった。

さすがの峰原も近くのスタッフに彼女が酔っているから、連れて帰ったほうがいいと忠告していたが、それでもそのアナウンサーは体を離そうとしない。

ミチルは席を立ったその足で峰原のところへ行くと、女性アナウンサーをそっと押しのけた。酔っている彼女もぎょっとしたように振り返ったが、ミチルは笑顔を向けたまま「失礼」とだけ言って、峰原の耳元に唇を寄せて囁《ささや》く。

「先生、もう充分でしょう。帰りましょうか」

いつものミチルらしい穏やかな声色だった。けれど、その視線ははっきりと自分の意思を伝えていた。もちろん、峰原はそれをちゃんと理解している。自分のすぐそばにやってきたミチルの腕を軽くポンポンと叩《たた》くと、彼もまた笑顔で席を立つ。

慌てて峰原を引き留めようとするアナウンサーの言葉も聞かず、スタッフ全員に向かって極めて社交辞令的な挨拶《あいさつ》をすると、さっさとミチルの肩を抱いてその場をあとにする。そして、店を出るなり峰原は大きく溜息を漏らして言った。

「いやぁ、まいったね。ああいう強引な女性はとにかく苦手だ」

そう言ってから、ミチルに向かって苦笑いで礼と詫《わ》びを口にする。

「僕もあの場にいて、いろいろと不愉快だったので……」

若いスタッフたちの会話の内容が聞くに堪えないこともあったし、もちろん峰原へ露骨なアプローチをしていた女性アナウンサーにも苛立《いらだ》ちを感じていた。けれど、こうして外に出てきてからも、なんだかまだ気持ちがすっきりしない。

「ミチル、もしかして怒っているのかい？」

いつになく拗《す》ねたようなミチルの態度に、峰原が心配そうにたずねる。

「べつに、そんなことはないです」

同性愛者の峰原が女性になびくことはないとわかっている。嫉妬《しっと》するまでもないことだ。けれど、彼のそばに女性がいて、あからさまに秋波《しゅうは》を送っているのを見るのは気分が悪かった。

（やっぱり、母さんの子どもなのかなぁ……）

以前には、峰原に対してそれほどあからさまな独占欲を抱《いだ》くことはなかった。なのに、あらためて東京に出てきて彼と同棲するようになってからは、峰原への自分の気持ちも変わったように思う。もっとはっきりと、彼という存在を大切でかけがえのない人だと意識するようになったのだ。

仕事だけの、それも今回かぎりのつき合いだろう女性に対して目くじらを立ててしまうのも、きっとそんな思いから湧《わ》いてくるのだろう。ただ、嫉妬深い自分を峰原に知られるのはなんとなく恥ずかしいし、男への情が重いほどに深かった母親の血を思い起こしてしまうのが少し辛《つら》かった。

けれど、峰原はそんなミチルの思いを知ってか知らずか、立ち止まってこちらをのぞき込むようにして微笑《ほほえ》む。

「な、なんですか……？」

何か含みのある笑みにミチルがちょっと困惑してたずねると、峰原が嬉《うれ》しそうに言うのだ。

「いやぁ、この歳《とし》になっても若い恋人にそんなふうに嫉妬してもらえるなんて、わたしは幸せ者だなと思ってね」

「何を言っているんですか。当然でしょう。それでなくても、先生は性別や年齢を問わずもてすぎなんですっ」

ミチルがちょっと怒ったように言うと、峰原はますます楽しそうに笑って肩を抱いてくる。

「そうか。そんなふうに思われているのか。よし、今度一行に自慢してやろう。ミチルはまだまだわたしにぞっこんだってね」

実の息子を相手に大人げないことを言うので呆《あき》れたように目を見開いたが、すぐに噴き出してしまった。大人のゆとりでミチルを包み込んでくれると思えば、ときには少年のように悪戯《いたずら》っぽい顔になってミチルを笑わせる。

本当に魅力的な人だから、きっとこれからも心配ばかりさせられるのだろう。それでも、ミチルは彼のそばで生きている自分が好きだ。ずっと心が迷子のようになっていて明日さえ見えず、自分自身を好きになれないまま生きてきた。

でも、今はこんなにも心がはっきりと晴れている。今の自分は、彼よりももっとたくさんの幸せを噛《か》み締めていると思う。だから、ミチルは峰原の腕に手を回し、彼が自分のものだと今一度しっかりと確認するのだった。

本当は大学帰りに二人で買出しをして、一緒に夕食を作って食べようと思っていた。だが、夕食はさっきの店で済ませてしまったので、二人してすぐにシャワーを浴びてそのままベッドに潜り込んだ。

「わたしが女性アナウンサーと浮気などできるわけはないけど、君はどうなんだ？ 若い男性スタッフにチヤホヤされてたんじゃないか？」

ベッドで抱き合いながら、愛撫《あいぶ》の合間に峰原がそんな冗談を言う。冗談というより、ミチルをちょっと苛《いじ》める理由を無理やりこじつけているだけだ。

「そんなわけないじゃないですか。専攻を聞かれて、近現代史だと答えただけでそっぽを向かれましたよ。歴史の中で、よりにもよって一番暗くて退屈なことをやっている変わり者だと思ったんじゃないですか」

「本当かな。そっぽを向いている男に、テーブルの下で膝《ひざ》を撫でられたりしなかったか？」

「また、そんな意地の悪いことを……」

「君は自覚がないまま男を誘うからな。ときどきは自分が誰のものか、ちゃんとわからせおかないとな」

そうやって言葉で苛めながら、峰原は巧みにミチルの興奮を誘う。束縛や拘束はミチルにとってどこかで快感に繋《つな》がっている。まして愛している人にそれをされると、身も心もとろけてしまうのだ。

「わたしだけのものなら、自分で腰を持ち上げてねだってごらん」

そう言って、ミチルにうつ伏せになるように促す。その夜は縛られることはなく、服従と懇願を求められた。もちろん、ミチルは喜んでそれに従う。うつ伏せたまま腰をゆるゆると持ち上げると、頬をシーツに押しつけたまま峰原に懇願の言葉を告げる。

「先生、お願い。ここに入れて」

「よく見えないね」

これもわざとそう言ってミチルを煽《あお》っているだけ。そして、そんな言葉にもミチルはきちんと応《こた》える。

「ここです。ここにほしいの……」

羞恥に塗《まみ》れながら自らの両手で双丘を割り開いて見せれば、ミチルの前もじっとりと濡れていく。その様子を手で探って確かめて、峰原はようやく彼自身をミチルに与えてくれる。

「ああ……っ。いい……っ。んくぅ……っ」

「ミチル、君はわたしのものだ。いずれは一行のものになるにしても、今はまだわたしが君を一番愛している男だと覚えておきなさい」

「ああっ、先生……っ」

嬉しい言葉にミチルの体が震える。愛されていると知ることが、こんなにも快感に直結している。亡くなった母親がいつもほしがっていたものは、この感覚なのだろう。

そして、母親が死ぬまで追い求めていたものを、ミチルはこうして得ることができた。この先も手放すことはない。明日もこの愛は、きっと自分のそばにあるから……。


数日後、一行が週末に泊まりがてら遊びにきたとき、峰原が所用で出かけている間に取材の日の顚末《てんまつ》を話して聞かせてやった。すると、一行は呆れたように肩を竦《すく》めてみせる。てっきりミチルの嫉妬深さに対しての態度かと思ったが、そうではなかった。

「父さんも人が悪い。それは、わざとミチルに嫉妬させたんだ」

「ええっ、そんなこと……」

あるわけないと思いながらも、ちょっと考えてみる。そして、急におかしくなって声を漏らして笑ってしまった。確かに、一行の言うように峰原ならそれくらいの悪戯をしそうなのだ。

「まったく、子どもなんだから。ミチルが嫉妬するかどうか試そうなんてさ」

一行はソファに正座をしたかと思うと、「本当にどうしようもない父親で申し訳ない」と、冗談半分で頭を下げてみせる。ミチルもまた慌てて一行に向き合う格好で正座し、「どういたしまして」と頭を下げる。

そこへちょうど帰ってきた峰原がリビングのドアを開けて、正座で向き合う二人の姿を見るなり怪訝《けげん》な顔になる。

「おい、それは新しいプレイか……？」

この状況に対していい歳の大人とは思えない第一声に、一行とミチルは声を合わせて爆笑するのだった。

あとがき

たまに「ちょっと演歌」が入ります。基本形が「ドンパチ」です。その次に「ドロドロ」です。というわけで、「ドンパチ」、「ドロドロ」、「ドンパチ」、「ドロドロ」の合間に、「ちょっと演歌風味」の順番です。

水原作品を読んでいただいている方はお気づきかもしれませんが、作品傾向の話です。ほぼ毎月書き下ろしていますが、書いている順番とは関係なくお世話になっている出版社さんによって発表の順番が変わります。

なので、この「ちょっぴり演歌風味」はどの作品の間に挟まっているのかはわかりませんが、全編を通して「演歌」というわけではありません。主人公のミチルがそういう風味なだけで、お相手はスマートすぎる都会の親子です。でも、あくまでもメインはパパです。だって、おじ様の包容力に身を委ねたいときもありますよね。なんだか日々の生活に疲れちゃったときとかは特に……。そんな気分のときに読んでいただいて、少しでも癒しになれば幸いです。

挿絵は金ひかる先生が担当してくださいました。お忙しい中、ステキな三人を描いていただきありがとうございました。それぞれがとても魅力的で、きっと読者の皆様もパパか息子か心が揺れることでしょう。

さて、私生活で身を委ねるステキなパパがいるかいないかは置いておき、最近は寒さに震えながら熱燗をチビチビとやっている毎日です。そんなある日、近所のスーパーの魚売り場で河豚フェアが行われておりました。黒門市場に行かずとも、関西の冬にはポピュラーなお料理です。「てっちり」も「てっさ」も大好きですが、そこで見つけたのが河豚のヒレ！　もちろん、買いましたともっ。そして、その夜はヒレ酒ですよ。焼いた河豚のヒレを熱燗にジュッとつけ、そこへ火をつけてメラメラ青い炎が立つのを眺めてからパカリと蓋をする。飲んだら体の芯から温まるぅ〜。

普段はツマミもいらないけれど、美味しいお酒には何かそれを引き立てるものを一、二品。お気に入りはブリーチーズとリンゴ。スティックブロッコリーのガーリック炒め。なぜか日本酒には洋物のツマミが好きなんですよ。

この本が書店に並ぶ頃には少しは寒さも緩んでいるでしょうか。桜の季節にはまた華やぐ春の楽しみがあります。四季とともにお酒を楽しみ、心に思うまま文字を書き続けている生活ですが、今年もどうかよろしくお願いいたします。

二〇一四年　一月　　水原とほる

✦初出　明日は愛になる……………書き下ろし
明日も愛はある……………書き下ろし

水原とほる先生、金ひかる先生へのお便り、本作品に関するご意見、ご感想などは
〒151-0051 東京都渋谷区千駄ヶ谷 4-9-7
幻冬舎コミックス　ルチル文庫「明日は愛になる」係まで。

幻冬舎ルチル文庫

明日は愛になる

2014年2月20日　第1刷発行

✦著者	水原とほる　みずはら とほる
✦発行人	伊藤嘉彦
✦発行元	株式会社 幻冬舎コミックス 〒151-0051 東京都渋谷区千駄ヶ谷 4-9-7 電話 03(5411)6431［編集］
✦発売元	株式会社 幻冬舎 〒151-0051 東京都渋谷区千駄ヶ谷 4-9-7 電話 03(5411)6222［営業］ 振替 00120-8-767643
✦印刷・製本所	中央精版印刷株式会社

✦検印廃止

ISBN978-4-344-83064-6　C0193　Printed in Japan

発行●幻冬舎コミックス　発売●幻冬舎

「幻冬舎ルチル文庫」

大好評発売中

「蜜月《ハネムーン》サラダを一緒に」

染井吉乃

イラスト▼穂波ゆきね

会社が倒産して仕事と住む場所を一度に失った来夏は、好意を寄せてくれている遠武の誘いで彼の住むシェアハウスの一室にお試し入居することに。そこで来夏は学生時代に告白して手酷く振られた神保と再会するが、神保は全く覚えていない様子。痛む気持ちを抑えてハウスの住人たちに溶け込んでゆく来夏と、事情を知らない遠武そして神保の三人は？

本体価格５７１円＋税

「ゆるふわ花嫁修業 初めての発情期」

水上ルイ

イラスト▼花小蒔朔衣

鷹司一族の次期総帥候補・恭一郎は、美貌とビジネスの手腕に恵まれた恋多き男。素性を隠して後腐れのない恋を楽しむ日々だが、ある晩、神社の境内で野良犬にいじめられていた「白い仔犬」を助ける。後日現れた純朴そうな美青年・空太に「自分はタヌキです。恩返しをさせてください」と迫られた恭一郎は、新手の逆ナンパだと思い気軽に応じるが？

本体価格５５２円＋税

発行●幻冬舎コミックス　発売●幻冬舎

「幻冬舎ルチル文庫」

大好評発売中

「罪な復讐」

愁堂れな　イラスト▼陸裕千景子

ある事件をきっかけに、恋人同士となり同棲中の警視庁エリート警視・高梨良平と商社マン・田宮吾郎は幸せな毎日を送っている。ある日突然、田宮は顔と本名がゲイサイトの掲示板に掲載されるなど悪質な嫌がらせを受けるようになる。その上、田宮が通い始めた英語学校の講師が殺され……!? 大人気シリーズ第5弾、待望の文庫化!!

本体価格571円＋税

「あの空が眠る頃」

神奈木智　イラスト▼六芦かえで

「今まで思い出しもしなかったんじゃないのか?」閉館間際のデパートの屋上遊園地。高校生の岸川夏樹は近隣の進学校の制服を着た安藤信久から、初対面なのに冷たい言葉をかけられ戸惑う。だが愛想のない眼鏡の奥から自分を睨む感情に溢れた眼差しに夏樹は惹かれ、信久のことをもっと知りたいと思った矢先、転校話を聞かされて……。

本体価格552円＋税

発行●幻冬舎コミックス　発売●幻冬舎